清末民初文獻叢刊

人境廬詩草

［清］黄遵憲　撰

朝華出版社
BLOSSOM PRESS

圖書在版編目（CIP）數據

人境廬詩草 / (清) 黄遵憲撰. -- 北京 : 朝華出版社, 2018.6
(清末民初文獻叢刊)
ISBN 978-7-5054-4254-2

Ⅰ. ①人… Ⅱ. ①黄… Ⅲ. ①古典詩歌－詩集－中國－清后期 Ⅳ. ①I222.752

中國版本圖書館CIP數據核字(2018)第082702號

人境廬詩草

作　　者　[清]黄遵憲

選題策劃　楊麗麗　尚論聰
責任編輯　劉小磊
特約編輯　齊　芳
責任印制　張文東　陸競贏
封面設計　劉敬偉

出版發行　朝華出版社
社　　址　北京市西城區百萬莊大街24號　**郵政編碼**　100037
訂購電話　（010）68996618　68996050
傳　　真　（010）88415258（發行部）
聯系版權　j-yn@163.com
網　　址　http://zhcb.cipg.org.cn
印　　刷　藝堂印刷（天津）有限公司
經　　銷　全國新華書店
開　　本　880mm×1230mm　1/32　**字　　數**　86千字
印　　張　12.75
版　　次　2018年6月第1版　2018年6月第1次印刷
裝　　別　精
書　　號　ISBN 978-7-5054-4254-2
定　　價　90.00元

出版前言

中國自一八四〇年鴉片戰争以來，傳統的農業文明在西方的堅船利炮轟擊之下徹底被顛覆，有擔當的知識分子苦苦追尋，思索社會改革的途徑。從最初的『師夷長技以制夷』到『民主制度，天下之公理』（梁啓超語），他們發現要『强國富民』，首先要『開啓民智』，衹有民衆擁有了獨立思想和批判精神，國家纔能實現真正的强大。在此後一百年的時間裏（一八四〇—一九四九），思想者們從社會變革深入到國民性的改造，用每一部作品見證着中國近代化的遞變歷程。這是一個極其重要的時代，《清末民初文獻叢刊》正是收録了這一時期的作品，大部分書籍都是早期版本，有着極高的文獻研究價值。

清末的中國經歷了『三千年來未有之大變局』（李鴻章語），大清王朝面對西方列强的艦炮，表現得驚慌失措。尤其是鴉片戰争，使『天朝帝國萬世長存的迷信受到了致命的打擊，野蠻的、閉關自守的、與文明世界隔絶的狀態被打破了』（《馬克思恩格斯選集》）。一批士大夫知識分子，尤其是在歐美諸國擔任使臣或者游歷的知識分子最先覺醒，着眼于對西方國家的考察，進而反省本國政治制度的劣勢，可以視作『啓蒙』的端倪。如曾擔任駐英公使（兼任駐法公使）的郭嵩燾在《使西紀程》中以日記的形式記録了自己對歐西諸國的觀感，他在考察了英國的政治制度之後，發現英國政府官員收入超過三百磅者與普通老百姓一樣同等納税，他說：『此法誠善，然非民主之國，則勢有所不行。西洋所以享國長久，君民兼主國政故也。』他明確提出了『民主』，在國家的管理問題上，人民也有參與的權利。他在該書中所披露的西方政治、經濟、文化等領域優于大清帝國這一事實觸動了保守派的神經，立刻遭到保守派群起而攻之，進士何金壽彈劾他『有二心于英國，欲中國臣事之』，他家鄉湖南的民衆對他更是痛加詆毁，以至于滿城揭帖，誣蔑他『溝通洋人』，在這種群情洶洶的情況下，朝廷最後下旨將《使西紀程》毁版，從而使該書成了禁書。然而，書雖被毁版，却不能堵死民衆的傳播與閲讀的途徑，上海的《萬國公報》依舊連載該書，張佩綸曾說：『朝廷禁其書，而新聞紙接續刊刻，中外傳播如故也。』從某種意義上來說，啓蒙是時代的需要，盡管清政府發諭旨禁了該書，民衆乃至一些朝廷大員却依舊在私下閲讀，以便瞭解外部的世界。進步的社會是開放性的，任何企圖『閉關鎖國』的努力都意味着歷史的倒退，祇有開放，與整個世界文明保持同等的步伐，纔能實現真正的强國之夢。當大批知識分子走出閉鎖的國門，親歷了文明的洗禮之後，也就把啓蒙的智識帶回了中華大地。容閎的《西學東漸記》，梁啓超的《新大陸游記》，崔國因的《出使美日秘日記》等一大批作品介紹了海外諸國的政治、經濟、軍事、外交、文化。雖然這些作品在認識上仍然帶有時代的局限性，然而却是那時最爲珍貴的聲音。

另一方面，在學術上，中國文化母體内『經世致用』思想與資產階級思想相結合，也唤起了變革，以康有爲、梁啓超爲首的改良派試圖通過自上而下的革新以實現變革。康有爲的《新學僞經考》《孔子改制考》就是借經學之表論資產階級學説之裏的著作，康有爲的弟子梁啓超更是通過《新民説》一書提出國民性改造。與早期啓蒙者『師夷長技』的器物文明引進不同，梁啓超上升到形而上的精神領域，從文化心理上更加徹底地進行變革。梁氏是清朝末年到民國初年一個橋梁式的人物，被譽爲『輿論之驕子，天縱之文豪』，其影響力不但在學術領域，同時還在文學領域，他所倡導的『詩界革命』得到了譚嗣同、黄遵憲、丘逢甲等人的響應，黄遵憲的《日本雜事詩》，丘逢甲的《嶺雲海日樓詩鈔》都體現了這種主張。這一主張要求反映新的時代和新的思想，用『我手寫我口』（黄遵憲語）的方式直抒胸臆，對長期占詩壇主流的擬古主義、形式主義産生了巨大的衝擊，解放了寫作者的心靈和頭腦。

與社會變革同步的是早期對西方思想著作的翻譯，這裏面影響最大的是嚴復，他翻譯的《天演論》《社會通詮》等書直接孕育了民國一代的知識階層。魯迅、胡適等人在文章中都曾提到《天演論》對他們思想所産生的震撼。與嚴復略有不同的另一位翻譯家是林紓，他的譯作雖然參差不齊，但却在更細膩的心靈層次對讀者産生影響，許壽裳曾回憶，他和魯迅都熱衷于林譯的小説，如《巴黎茶花女遺事》《黑奴籲天録》《迦茵小傳》等作品。

辛亥革命之後，進步社會思潮成爲主流，比之清末思想啓蒙者『求存』的追求，民國以來的知識階層深入到了更加細微的肌理，一方面呼喚社會變革，另一方面進行點滴的建設，革命并不能使所有的一切一蹴而就，在更加深廣的領域，事物的改變是由微觀而宏觀。通俗地説，比之于革命，建設的意義更大。如《中國商業史》《中國教育史》《中國倫理學史》《中國哲學史大綱》《中國小説史略》等一大批作品都是進行系統的梳理與建設的理論作品。其中，以胡適和魯迅二人的影響最大，他們的作品一紙風靡，從而成爲新文化運動的主力人物。

《清末民初文獻叢刊》收録的文獻大致上可以分爲三個階段，其中龔自珍、張之洞、魏源、郭嵩燾、薛福成等人的作品可視爲『早期啓蒙』，康有爲、梁啓超、黄遵憲、嚴復、林紓等人的作品可視爲『中期啓蒙』，胡適、魯迅、蔡元培等人的作品可視爲『晚期啓蒙』。當然，這種劃分并非嚴格意義上的，大部分啓蒙思想者隨着時代的變化，其思想在不斷進步。縱觀整個近現代史，可以發現，要求變革不是在某一個領域，由某一類人發起和完成的，而是全社會的要求。

變革，已經成爲全社會的共識。

從清末民初的文獻中，我們能够發現一種豐富性。這些作品涉及政治、經濟、軍事、教育、外交、宗教、心理、情感等方方面面，從内而外地净化着中國兩千年以來的封建積習。它不衹是對社會的改造，更是對人心靈的重塑；它首重國家社會之建設，同時亦重靈魂心智之唤醒；它是宏大的，也是微觀的；它是嚴肅莊重的，也是活潑靈動的；這些作品結構精巧，思想內容深刻，擁有濃厚的人文主義色彩，對推動社會主義建設，實現中國夢有重大意義，是近現代中國一百年來最宏富的智識與情感的寶藏。因此，整理這些文獻作品，無論是出于資料保存的目的，還是爲圖書館提供資料副本，都有不可估量的意義。

特定時代下的文獻，當它一旦形成（既指草擬，創作的完成，也指其成爲一個載體），就不可再複製了，也就意味着它將面對消亡。對于文獻資料而言，越接近歷史事件發生的時代記録，越具有研究價值。文獻本身具有不可再生性，它衹會消亡，而不會增多。盡管文獻本身的文字可以保留下來，并進行傳播，却失去了當時的時代氣息。當時的作品可能在技巧上，文字的成熟度上不及當代，但它所負載的信息，創作者的情感都反映了當時的歷史，也就是説，它具有不可替代的歷史意義。

影印的版本有三個特點，第一是擁有文獻的『原始性』；第二個特點是『未經改動的』；第三個特點是『歷史的原貌』。所謂『原始性』，也就是説，它是第一手資料，而非轉述的，回憶形成的；『未經改動的』，是指未被篡改、删節、挖補的；『歷史的原貌』是指在影印製作過程中，完全依照文獻的原來模樣……這樣製作出版的作品，無异延續了文獻的壽命。

近現代思想史上的一個最重大的思潮就是『開放』，從林則徐的『開眼看世界』到蔡元培的『兼容并包』，都是在倡導一種開放式的胸襟。而《清末民初文獻叢刊》最有魅力的部分就是『開放』這一主題，祇有融入到世界文明發展的進程中，中華文明纔能歷久彌新。

《清末民初文獻叢刊》編委會
二〇一七年四月十四日

凡例

一、《清末民初文獻叢刊》（以下簡稱『叢刊』）爲影印本，舉凡所用之底本，均爲該書之早期版本。有清末刊本，亦有民國印本。

二、《叢刊》均依底本影印，未予删改，僅代表作者個人觀點，不代表官方立場；原刊本有誤，不予校改，以保留文獻之原貌。

三、《叢刊》所用之底本，因時日久遠存在漫漶的情况，均進行了修復；底本闕文、印刷不清，均保留原貌。

四、爲讀者閱讀之便，《叢刊》中之舊底本目録未標記頁碼者，編了目次；原底本有頁碼和目録，未予重複編目。

五、爲保持文獻的原始風貌，影印本保留了原書書影（原書爲多册，則保留第一册書影）、扉頁等信息。所用底本無相應信息者，則不予妄添，以免錯訛。

目録

人境廬詩草

啓超署

嘉應黃先生墓誌銘　　新會梁啓超撰

國家自甲午喪師以後勢益不競謀國者尙泄泄未知
改圖獨
德宗皇帝大奮神斷明　詔天下改變百度而是時各
行省大吏奉行　詔書最力者惟湖南巡撫義寧陳公
寶箴而相與助其成者則嘉應黃先生公度也先生時
方以湖南鹽法道署理按察使與陳公戮力殫精朝設
而夕施綱舉而目張而其尤爲先生精心所措注者則
日保衛局保衛局者畧仿外國警察之制而凡與民利
民瘼相麗爲一方民力所能自舉者悉統焉擇其鄉邑

之望分任之而吏董其成觕布之初民頗疑駴後乃大驩先生方欲推布一切已圖久遠而朝局變黨禍起先生與陳公得罪而去而天下事益不可爲嗟乎古有以一人之用舍係一國之興亡者觀於先生其信之矣先生諱遵憲世爲嘉應州人曾祖諱學詩祖諱際昇父諱鴻藻官廣西知府皆以先生貴封贈榮祿大夫先生以拔貢生中式光緒二年順天鄉試舉人旋隨使日本歷官四十年有大小久暫之不同而皆舉其職當爲日本使館參贊也日本方縣我琉球且覦及朝鮮先生告使者乘彼謀未定先發制之具牘數千言陳利害甚悉東

人至今誦之而當事不省不二十年二屬遂相繼不保
又爲英之新嘉坡美之舊金山總領事矣美人嫉吾民
之僑彼境者蓄志擯之先生既以先事禦之之謀告其
上而不用乃盡其力所能及以爲捍衛美政府嘗藉口
衛生係吾民數千先生數語捭闔而脫之且責償焉吾
嘗遊美洲去先生爲領事時且二十餘年矣而吾民尚
稱道此事不容口先生居外國久於其上下情形內外
形勢洞幽察隱故凡有所應付莫不迎及而解而大吏
亦稍稍知先生能外交故每以事相屬江鄂四省教案
積數十起連十數年文牘盈尺莫能斷結及先生受委

則浹月而決之教士撟舌而不敢爭異時沿江沿海劃地爲市租借外旅命曰租界始事者昧於國際法於界內畀以治外法權喪威失權悔不可追先生恫之值甲午之役約以蘇州杭州兩處爲租界予日本授受之際先生適主其事乃曰蘇杭腹地非江海口岸比因議自營市政凡所以便外旅者纖悉備至而獨於治外法權則靳爲日本主者莫能難也殆畫諾矣適有以蜚語相中者謂先生受外賂爲它人計便安約遂廢而日本亦撤其使歸兩國同以此事譴其使而天下萬國則謂日本之舉爲計獨得也先生雖以外交知名當世然受兩

使　命皆中沮光緒二十一年奉　旨入觀以道員帶卿銜授出使大臣駐德國時德人方圖膠州憚先生來折其機牙廼設詞以撼我政府卒尼其行光緒二十四年復以三品京堂候補充出使日本大臣時先生方解湖南按察使任養疾上海淹留未行而黨禍卒起緹騎繞先生室者兩日幾受羅織事雖得白使事亦解先生遂歸田里光緒三十一年二月二十三日以疾卒於家嗚呼以先生之明於識練於事忠於國使稍得藉手其所措施豈可限量而乃使之浮沈於群吏之間者且數十年晚遭際會似可稍展其所蘊矣而事變忽起所志

不終遂且乃憂讒畏譏流離失職而死此豈天之所爲耶先生讀書有精識遠見不囿於古不徇於今嘗思成一家言曰演孔篇未成而所成之日本國志四十卷當吾國二十年以前羣未知日本之可畏而先生此書則已言日本維新之效成則且霸而首先受其衝者爲吾中國及後而先生之言盡驗以是人尤服其先見先生爲文章務取暢達不苟爲夸飾至其爲詩則精思渺慮盤礴而莫測其際平生所作逾千首自裒集得六百餘首曰人境廬詩草自其少年稽古學道以及中年閱歷世事暨國內外名山水與其風俗政治形勢土物至於

放廢而後憂時感事悲憤伊鬱之情悉託之於詩故先生之詩陽開陰闔千變萬化不可端倪於古詩人中獨具境界先生娶葉氏誥封夫人子四人曰冕曰鼎崇曰履剛曰璇泰履剛早殤女子二適鍾適梁先生之卒也冕方隨節日本奔喪歸旋以毀卒　今上皇帝紀元之三月鼎崇璇泰始奉其喪葬於梅南黃居坪之原先生之從弟曰遵庚以狀請銘且曰先兄志也啓超以弱齡得侍先生惟道惟義以誨以教獲罪而後交親相棄亦惟先生咻噢振厲拳拳懇懇有同疇昔先生前卒之一歲詒書啓超曰國中知君者無若我知我者無若君然

則啓超雖不文又安敢辭銘曰

士失職者多矣而獨於斯人焉奚悲悲其一身之進退死生與一國之榮悴兮相依謂天不欲平治天下曷爲篤生此才槃魄而權奇謂天欲平治天下曷爲挫鑠窘辱拂亂之不已又中道而奪之其所志所學蟠天際地曾不得以百一自見於時若夫事業文章之在人耳目者則乃其平生之所不屑爲然且舉九州之駿足十駕焉而莫之能追則夫其所旁薄欝積而未發者又安得而測知而今也悉隨其形神精魄灰化蛻委萬刼不復而永閟於玆白日墜兮露滋楊蕭蕭兮蔓離離九原不

作兮吾道誰與歸儀型先民兮視此辭

人境廬詩草目錄

嘉應黃遵憲公度

卷一　古今體詩共七十二首

二十初度

游豐湖

長子履端生

雜感

哭張心谷士駒三首

山歌

生女

庚午六月重到豐湖誌感

游潘園感賦

香港感懷十首

卷二　古今體詩共五十五首

卷三　古今體詩共四十八首

即事

下水船歌

閉關

春暮偶游歸飲人境廬

拜曾祖母李太夫人墓

遣悶

寒食

夜飲

日本國志書成誌感

十月十九日至滬初隨何大臣如璋使日本即於

卷六　古今體詩共六十九首

立秋日訪易實甫順鼎遂偕游秦淮和實甫作

又和實甫

元武湖歌和龍松岑繼棟

九月初三夜招袁重黎柯巽庵梁節庵王晉卿諸君小飲和節庵韻

上海喜晤陳伯嚴

題黃佐廷贈尉遺像

贈梁任父同年

寄女

感懷呈樵野尚書丈即用話別圖靈字韻

書憤

支離

卷九　古今體詩共一百三十六首

紀事

放歸

九月朔日啓程由上海歸舟中作

到家

感事

人境廬之隣有屋數間余購取其地葺而新之有

樓巋然獨立無壁南武山人爲書一聯曰陸沈

卷十　古今體詩共七十六首

庚子元旦

杜鵑

初聞京師義和團事感賦

寄懷邱仲閼逢甲

感事又寄邱仲閼

逃聞

七月十五夜暑甚看月達曉

南漢修慧寺千佛塔歌

五禽言

再逃

再用前韻酬仲闕

三用前韻

四用前韻

五用前韻

六用前韻

七用前韻

八用前韻

天津紀亂十二首

京亂補述六首

京師

人境廬詩草目錄終

人境廬詩草卷一

嘉應黃遵憲公度

感懷

世儒誦詩書、往往矜爪觜、昂頭道皇古、抵掌說平治、上言三代隆、下言百世俟、中言今日亂、痛哭繼流涕、摹寫車戰圖、胼胝過百紙、手持井田譜、畫地期一試、古人豈我欺、今昔奈勢異、儒生不出門、勿論當世事、識時貴知今、通情貴閱世、卓哉千古賢、獨能救時弊、賈生治安策、江統徙戎議、

有清膺天命、仁澤二百年、聖君六七作上追堯舜賢

熙隆全盛時蓋如日中天帷闥外戚患干戈藩鎭權煽

虐奄人毒煬竈權臣奸百弊咸蕩滌王道同平平邇者

盜潢池神州洿腥羶治久必一亂法弊無萬全謂由吏

惰窳亦坐民殷闐當世得失林未可稽陳編儒生拾古

語謂當罪己慾（庚申之役有上疏請下罪己詔者）顯皇十一載憂虞怵

深淵拔擢盡豪傑力能扶危顚惟念大亂平正當補弊

偏且濡涺溪筆看取穹碑鐫

吁嗟兩楹奠聖歿微言絕戰國諸子興大道幾滅裂刼

灰出秦燔六籍半殘缺皇皇孝武詔羣言罷一切別白

定一尊萬世循軌轍遺書一萌芽衆儒互拾掇異同晰

石渠講習布綿蕝戴憑席互爭五鹿角嫛折洎乎許鄭
出孶然萬人傑宋儒千載後勃窣探理窟自詡不傳學
乃剽思孟說講道稍僻違論事頗迂濶萬頭趨科名一
意相媚悅　聖清崇四術衆賢起頏頡顧閣闢初塗段
王揚大烈審意得古訓沈晦悉爬抉讀史辨豕亥訂禮
分袒襲上溯考據家僅埒文學列儒于九流中亦祇一
竿揭矧又某氏儒塗徑各岐別均之筐篋物操此何施
設大哉聖人道百家盡囊括至德如淵騫尚未一間達
區區漢宋學烏足尊聖哲畢生事鑽仰所慮吾才竭

乙丑十一月避亂大埔三河虛

六月中興洗甲兵金陵王氣復昇平豈知困獸猶能門

倘有羣蛙亂跳鳴一面竟開逋寇網三邊不築受降城

細民堅壁知何益翹首同瞻大帥旌

南風不競死聲多生不逢辰可若何人盡流離呼伯叔

時方災難又干戈諸公竟以鄰爲壑一夜喧呼賊渡河

聞說牙璋師四起將軍翻用老廉頗

星斗無光夜色寒一軍驚擁將登壇爭功士聚沙中語

遇敵師從壁上觀誰敢倚公爲砥柱可憐報國只心肝

東南一局全輸卻當局翻成袖手看

七年創痛記分明無數沙蟲殉一城己未二月賊破嘉應知州文壯烈公晟死之從

(而殉者萬餘人)逐鹿狂奔成鋌走傷禽心怯又弦驚爺娘弟妹牽衣語南北東西何處行一葉小舟三十口流離虎穴脫餘生

拔自賊中述所聞

紅巾繫我腰綠紗裹我頭男兒重橫行阿嫂汝莫愁
朝傾百斛酒暮飽千頭羊時時賭博塞夜夜迎新娘
今日阿哥妻明日旁人可但付一馬馱何用分汝我
四更起開門月黑陰雲堆幾時踏殺羊老虎來不來

潮州行

人生亂離中所謀動乖忤一夕輒三遷蹤跡無定所自

從居三河謂是安樂土世情誰念亂百事忿凌侮交交
黃鳥啼此邦不可處一水通潮州且往潮州住是時北
風寒平江蕩柔櫓行行將近城炊煙密如縷行舟忽不
前有盜伏林莽起驚賊已來快櫓飛如雨舟人急繫舟
揮戈左右拒翻懼力不敵轉逢彼賊怒扣舷急相呼不
如任攜取流離患難來行篋無幾許但飽羣賊囊免更
遭刼虜一聲霹靂礮殺賊賊遽去虎口脫餘生驚喜泣
相語回看諸弟妹僵伏尙如鼠起起呼使坐軟語相慰
撫扶牀面色灰謬言不畏懼吁嗟患難中例受一切苦
須臾達潮州急覓東道主剪紙重招魂招魂江之浦

喜聞恪靖伯左公至官軍收復嘉應賊盡滅

諸侯齊築受降城狂喜如雷墮地鳴終累吾民非敵國嘉慶間勦辦白蓮教匪仁宗詔曰自古只聞用兵於敵國未聞用兵於吾民如蔓延日久是賊是民皆吾赤子何忍誅戮顯皇曾手書此詔普告臣下云又從據亂轉昇平黃天當立空題壁赤子雖饑莫弄兵天下終無白頭賊中原羣盜漫縱橫

恢恢天網四圍張羣賊空營走且僵舉國望君如望歲將軍擒賊早擒王十年竊號留餘孽六百名城作戰場今日平南馳露布在天靈爽慰　先皇

亂後歸家

遂有還家樂跳梁賊盡平舉家開笑口一棹出江城兒

女團圝坐風波自在行驚魂猶未定夜半莫呼兵

即別潮州去還從蓬棘歸累人行篋少滯我客舟遲顚倒歸來夢驚疑痛定思便還無處所已喜免流離

一炬成焦土先人此敝廬曾王父所建築有家眞壁立無樹可巢居小婦啼開篋羣童喜荷鋤苦花經雨長狼藉滿家書

便免顚連苦相依此一窩窗虛添夜冷屋漏得天多豺虎中原氣蛟螭海上波掃除勤一室此志恐銷磨

送女弟

阿爺有書來言頗傾家貲箱匳四五事莫嫌嫁衣希阿

母開篋看未看先長欷吾家本富饒頻歲遭亂離累葉積珠翠歷刼無一遺舊時典衣庫爛漫堆人衣今日將衣質庫主知是誰掃葉添作薪烹穀持作糜尺布尙可縫親手自維持行行手中線離離五色絲一絲一淚痕線短力既疲即此區區物艱難汝所知所重功德言上報慈母慈

中原有舊族遷徙名客人過江入八閩展轉來海濱儉嗇唐魏風蓋猶三代民就中婦女勞尤見風俗純雞鳴起汲水日落猶負薪盛妝始脂粉常飾唯綦巾汝我張黃家頗亦家不貧上溯及太母劬勞無不親客民例操

作女子多苦辛送汝轉念汝恨不男兒身
阿母性慈愛愛汝如珍珠一日三摩抄未嘗離須臾今
日送汝去執手勞踟蹰汝姑哀寡鵠哀腸多鬱紆弟妹
尙穉幼呀呀求乳雛太母持門戶人言勝丈夫靡密計
米鹽辛勤種瓜壺一門多秀才各自誇巾裾粥粥擾羣
雌申申詈女嬃汝須婉以順朝夕承歡娛歡娛一以承
我心一以愉待汝一月圓歸來話區區
二十初度
墮地添丁日時平萬戶春我生遂多事臣壯不如人離
亂艱難際窮愁現在身摩挲腰下劍龍性那能馴

游豐湖

西湖吾未到夢想或遇之濛濛水雲鄉荷花交柳枝今日見豐湖萬頃青琉璃持問老東坡杭潁誰雄雌淡句困積暑潑眼驚此奇恍如畫圖中又疑夢寐時人生爲何事畢世狂奔馳黃塵沒馬頭勞勞不知疲嗟我不能仙豈能免人羈要留一片地自謀老來私悠悠湖上雲耿耿我所思下與鷗鷺盟上告雲天知

濃綠潑雨洗森森竹千个亭亭立荷葉萬碧含露唾四圍垂柳枝隨風任顛簸中有屋數椽周遭不爲大羅山峙其西豐湖繞其左關門不見山鑿穴疊石作前檐轡

欐椏後屋旋水磨扶筇朝看花入夜不一坐亭午垂湘

簾倦便枕書臥偕婦說家常呼兒問書課敲門剝啄聲

時有老農過君看此屋中非他正是我行移家具來坐

待鄰里賀

斜陽照空林徘徊未忍去多戀究多累掉頭未可住我

生二十年初受塵垢汙家計竭中乾俗狀作先驅飛鳥

求枝棲三匝方繞樹大海泛浮萍歸根定何處渺茫發

大願天意肯輕付况今千里來擔簦期一遇行鑽矮屋

中蒸甑熱毒注密如營窠蜂困似涸轍鮒走雷轉腸鳴

渴水乞沫呴誰能出塵世一脫束縛苦回頭望此湖萬

頃迷烟霧夢魂時一遊且記湖邊路

長子履端生

剛是花生日春風靄一廬愛防牛折齒慚詠鳳將雛急

喜先求火癡心到買書長安傳一紙歡慰定何如

雜感

少小誦詩書開卷動齟齬古文與今言曠若設疆圉竟

如置重譯象胥通蠻語父師遞流傳慣習忘其故我生

千載後語音雜傖楚今日六經在筆削出鄒魯欲讀古

人書須識古語古唐宋諸大儒紛紛作箋注每將後人

心探索到三五性天古所無器物目未睹妄言足欺人

數典既忘祖燕相說郢書越人戴章甫多歧道益亡學

燭乃筆誤

大塊鑿混沌渾渾旋大圜隸首不能算知有幾萬年羲

軒造書契今始歲五千以我視後人若居三代先俗儒

好尊古日日故紙研六經字所無不敢入詩篇古人棄

糟粕見之口流涎沿習甘剽盜妄造叢罪愆黃土同摶

人今古何愚賢即今忽已古斷自何代前明窗敞流離

高爐爇香烟左陳端溪硯右列薛濤箋我手寫我口古

豈能拘牽即今流俗語我若登簡編五千年後人驚爲

古爛斑

造字鬼夜哭所以示悲憫衆生殉文字蚩蚩一何蠢可憐古文人日夕雕肝腎儷語配華葉單詞畫蚯蚓古近辨詩體長短成曲引洎乎制義興卷軸車連軫常恐後人體變態猶未盡吁嗟東京後世茶文益振文勝失則弱體竭勢已窘後有王者興張網羅賢俊决不以文章此語吾敢信但念廢棄後巧拙同泯泯欲求覆醬瓿已難拾灰燼我今展卷吟徒使後人哂

周公作禮樂謂矯世弊害秦皇焚詩書乃使民聾瞶宋祖設書館以禮羅措大吁嗟制藝與今亦五百載世儒習固然老死不知悔精力疲丹鉛虛榮逐冠蓋勞勞數

行中鼎鼎百年內束髮受書始即已縛紐械英雄盡入
彀帝王心始快豈知流寇亂翻出耰鋤輩誦經賊不避
清談兵既潰儒生用口擊國勢幾中殆從古禍患來每
在思慮外三代學校亡空使人材壞
謂開明經科所得學究耳謂開制策科亦祇策士氣謂
開詞賦科浮華益無恥持較今世文未易遽軒輊隋唐
制科後變法屢興廢同以文章名均之等廢契譬如探
籌策亦可得茂異狗曲出何經驢券書博士所用非所
習祇以叢罵詈亦有高材生各自矜爪嘴祖漢誇攷據
媚宋爭義理彼此互是非是非均一鄙茫茫宇宙間萬

事等兒戲作詩一長吟聊用自娱喜

哭張心谷士駒三首

匆匆事業了潮州竟認潮州作首邱哀泣一家新故鬼

此邦與汝定何讐君之生之婚之卒暨雙親之歿皆在潮州

半盂麥飯一罏香終有人來拜墓堂將爲君立嗣只恨錦囊

無賸稿廣陵散絕幷琴亡君歿後余搜君遺稿及其先人稿均不可得

一隊同游少年輩兩年零落九原多頻頻淚到心頭滴

便恐明朝兩鬢皤

山歌　土俗好爲歌男女贈答頗有子夜讀曲遺意採其能筆於書者得數首

自煮蓮羹切藕絲待郎歸來慰郎饑爲貪別處雙雙箸

只怕心中忘郤匙

人人要結後生緣儂只今生結目前一十二時不離別

郎行郎坐總隨肩

買梨莫買蜂咬梨心中有病沒人知因爲分梨故親切

誰知親切轉傷離

催人出門雞亂啼送人離別水東西挽水西流想無法

從今不養五更雞

隣家帶得書信歸書中何字儂不知等儂親口問渠去

問他比儂誰瘦肥

一家女兒做新娘十家女兒看鏡光街頭銅鼓聲聲打
打着中心只說郎
嫁郎已嫁十三年今日梳頭儂自憐記得初來同食乳
同在阿婆懷裏眠
自剪靑絲打作條親手送郎將紙包如果郎心止不住
看儂結髮不開交
第一香櫞第二蓮第三檳榔个个圓第四夫容五棗子
送郎都要得郎憐

生女

拜佛拈花後居然見汝生繫絲誰健婦爭乳奈雛兒覔

果年來事游山嫁畢情一齊到心坎杯酒醉還傾

庚午六月重到豐湖誌感

湖光瀲瀲柳陰陰又作隄邊乂手吟客與名山同惜別

人逢舊雨漸交深何時葛令移家住猶是菟裘養老心

自揀黃柑親手種他年看汝綠成林

游潘園感賦

神山左股割蓬萊惘惘游仙夢一囘海水已乾田亦賣

主人久易我纔來棲梁燕子巢林去對鏡荷花向壁開

彈指須臾千載後幾人起滅好樓臺

香港感懷十首

彈指樓臺現飛來何處峯爲誰刈藜藿遍地出芙蓉（以鴉片肇禍開港後進口益多）方丈三神地諸侯百里封居然成重鎭高壘矗狼烽

豈欲珠崖棄其如城下盟帆檣通萬國壁壘逼三城虎穴人雄據鴻溝界未明（割地以後每以海界爭論）傳聞哀痛詔猶灑淚縱橫（宣廟遺詔深以棄香港爲恥）

酋長虬髯客豪商碧眼胡金輪銘武后（香港城名域多利即女主名也）寶塔禮耶蘇火樹銀花耀氈衣繡縷鋪五丁開鑿後欲界亦仙都

盜喜逋逃藪兵誇曳落河官尊大呼藥（官之尊者亦稱總督）客聚衆

婁羅王面鐫金寶蠻腰跨革韡斑闌衣服異關吏莫誰
何（港不設關）

沸地笙歌海排山酒肉林連環屯萬室（地勢如環故名上中下三環）尺
土過千金民氣多擅行夷言學鳥音黃標千萬積翻訝
便積金如斗能從聚窟消蠻雲迷寶髻脂夜蕩花妖龍
屋沈沈

女爭盤鏡鮫人門織綃珠簾春十里難遣可憐宵
博物張華志千間廣廈開摩抄銅狄在悵望寶山回大
鳥如人立長鯨跋浪來官山還府海人力信雄哉
流水游龍外平波又畫橈佛猶誇國樂奴亦挾天驕御

氣毬千尺馳風馬百驍街彈巡赤棒獨少市聲囂
指北黃龍飲從西天馬來飛輪齊鼓浪祝礮日鳴雷凡他國軍艦初至必然礮二十一響以敬地主西人名曰祝礮中外通喉舌橫縱積貨財登高
遙望海大地故恢恢
遣使初求地　高皇全盛時乾隆四十八年英遣使馬甘尼來朝即以乞地爲言六州
誰鑄錯一慟失脂燕鑿空蠶叢闢噓雲蜃氣奇山頭風
獵獵猶自誤龍旗

寓汕頭旅館懷寄梁詩五居實

策策秋聲木葉乾百端蕭瑟入心肝顛風斷渡鈴能語
古月懸天鏡獨看未到中年哀樂備無多同調別離難

巡簷繞室行千徧剛對孤燈又倚闌

將至潮州又寄詩五

片帆遙指鳳凰城屈指家山尚幾程以我風塵憔悴色

共君骨肉別離情一燈縮縮棲鴉影四壘蕭蕭戰馬聲

回首六年離亂事夢餘猶覺客心驚（乙丑冬月避亂居潮州寇退乃返）

鐵漢樓歌

溼雲漠漠山有無登城四望遙踟躕頹垣敗瓦不可踏

刼灰昏黑堆城隅剜苔剔蘚覓碑讀字缺半亦形模糊

公無遺像有精氣恍惚左右神風趨憶公秉政宣仁日

自許稷契君唐虞英名卓卓驚殿虎捋手赫赫鋤城狐

同文獄起事一變先生遂爾南馳驅洞庭寒夜走蛟蜃

瀟湘清晝啼猩鼯臣心萬折必東去一生九死長征途

豈知章蔡恨未雪謂臣雖死猶餘辜如飛判使暗挾及

來取逐客寒頭顱梅州太守亦義士告語先生聲嗚嗚

先生湛然色不變倔强故態猶狂奴有朋謠諑細料理

對客酬飲仍歌呼嗚呼先生眞鐵漢品題不愧眉山蘇

一樓高插北城角中有七尺先生軀鐵石心腸永不變

騰騰劍氣光湛盧荔丹蕉黃並羅列無有遠邇羣南膜

軍書忽報寇氛熾官民空巷爭逃逋先生獨坐北樓北

雙眼炯炯張虬鬚跳梁小鼠敢肆惡公然裂毀無完膚

邇來彫瘵漸蘇息無人收拾前規模東坡已往仲謀死

起人忠義誰匡扶金狄摩抄事如昨鉛水清淚流已枯

我來憑弔空惻愴呀呀屋上啼寒烏

和周朗山琨見贈之作

噫嘻乎儒生讀書不識羞動誇虎頭燕頷徑取萬戶侯

萬戶侯耳豈足道烏知今日稗瀛太海還有大九州賤

子生長南方陬少年寂寂車前騶當時乳虎氣食牛衆

作蟬噪嗤嚊啁小技蟲雕羞刻鏤中間離亂逢百憂紅

塵蔽天森戈矛我時上馬看吳鉤嗚呼不能用吾謀駒

伏轅下鷹在韝看人貂蟬出兜鍪皤然一笑先生休矣

人爲矢鞠人鞠蘭臺漆書吾箕裘且呼古人相綢繆打
頭屋小歌聲遒亦手帖括吟咿嚘時文國小原莒鄒要
知假道途必由習爲諂媚爲便柔招搖過市希急售盜
竊名器爲奸偷平生所恥羞效尤謗傷爭來撼樹蜉非
笑亦有槍榆鳩立志不肯隨沈浮一齊足敵衆楚咻皇
皇使者來軒輶元珠出水黝然幽珊瑚入網枝相樛不
才如憲亦兼收一頭放出千人稠其旁一客爲馬周烔
烔秋水橫雙眸謂生此文無匹逑即此已卜公侯仇噫
嘻吾文原啞嘔公竟許我海與邱感公知己淚一流以
公才氣命不猶文不璜珮鳴琅璆武不龍虎張旌斿時

時酒酣摩蒯緱蕭條此意將白頭至今不願爲閒鷗乘
風猶來海上游海波正寒風颼颼中有蝮蛇從鶬鶩旨
雲怪雨無停留老蛟欲泣潛魚憂何物小魅不匿廋公
然與龍爲仇讐蒼梧回首雲正愁公從仙人來十洲公
其爲龍求蟠虬左揖洪崖右浮邱招邀羣策同力勠號
召百族相聚謀鐵鎖重使支祈囚赤文綠字光油油重
銘琭宮修瓊樓嗚呼此願何時酬

寄和周朗山

拍手引鸞鳳來從海上游大鵬遇希有兩鳥忽相酬金
作同心結刀期繞指柔各平湖海氣商榷共登樓

春夜懷蕭蘭谷光泰

深巷曾無車馬喧閉關我自枕書眠平生放眼無餘子
與汝論交過十年既覺夢都隨雨去半開花欲放春顛
隔牆紅徧千株樹何日能來看木棉

聞詩五婦病甚

中年兒女更情長宛轉重吟婦病行終日菜羹魚醬外
帖書乞米藥鈔方

懷詩五

萬族求饒益營營各一途俗情日紛擾吾道便愁孤波
靜魚依藻枝高鳳在梧昨書言過我翻又費招呼

爲詩五悼亡作

畫閣垂簾別樣深囘廊響屧更無音平生愛爾風雲氣

倘既消磨不自禁

庚午中秋夜始識羅少珊文仲於矮屋中遂偕詩五共

登明遠樓看月少珊有詩作此追和時癸酉孟秋也

萬蠶食葉蠶聲酣三條紅燭光炎炎忽然大聲出鄰屋

偷窺有客掀襴衫狂吟高歌徹屋瓦兩目虎視方眈眈

此人豈容交臂失闖然握手驚雄談問名識是將家子

金版玉匱素所諳是時發策問兵事胸中武庫胥包含

我方掀簾促膝坐昂頭有月來屋檐此人此月此樓豈

可負此夕輙邀吾友同追探巍巍明遠樓高插南斗南
鉦聲鼓聲宵戒嚴我來不避官吏嫌躡衣徑上梯百尺
憑欄要到塔七尖天風吹衣怕飛去汝我左右相扶攙
纖雲四捲天不夜空中高懸圓明蟾沈沈矮屋萬行瓦
昨者煮海今堆鹽囘頭郤望望東海濛濛烟氣團蔚藍
其餘人家億萬戶水波不動澄空潭三更夜深風露重
下士萬蟻齊黑酣大千世界共此月今夕只照人兩三
雖然無肴無酒不得謀一醉猶有驚人好句同掀髯別
來此月幾圓缺三人兩地同觀瞻匆匆三年忽已過秋
風重磨舊劍鐔羊城相見執手笑追述往事言呢喃男

兒竟作可憐蟲等此蓄縮纏窠蠶少珊少珊我且與汝

共登越王之高臺白雲往來駕兩驂試尋黃屋左纛舊

霸業陰符發箧温韜鈐不然泛舟南海南乘風破浪張

長帆要借五十犗餌釣此巨鰲去刳腹臠肉供口饞使

君於此自不凡何苦徒作風月談要摶扶搖羊角直上

九萬里埋頭破屋心非甘噫嘻乎埋頭破屋心非甘

羊城感賦六首

早潮晚汐打城門玉漏聲催銅鼓喧百貨均輸成劇邑

五方風氣異中原舵舟輿轎山川險帕首韡刀府帥尊

今古茫茫共誰語越王臺下正黃昏

手挽三江盡北流寇氛難洗越人羞黃巢毒竟流天下

陶侃軍難進石頭（金陵未克以前左帥致書曾文正公謂當從廣東進師文正不謂然左帥又言於此始者於此終粵賊當滅於粵後其言竟驗）

鋌鹿偶然完首尾爛羊多賴得公侯欃槍

埽盡紅羊換從此當朝息內憂

際海邊疆萬里開臣佗大長信奇才平蠻看豎擎天柱

朝漢同登浴日臺南極星辰原北拱東流海水竟西回

喁喁鶼鰈波濤阻獨有聯翩天馬來

慷慨爭揮壯士戈洗兵竟欲挽天河苦煩父老通卭筰

難禁奸民教尉佗祆廟火焚氛更惡鮫人珠盡淚猶多

紛紛和戰都非策聚鐵雖堅奈錯何

戰臺祠廟巋然存雙闕嵯峨聳虎門誰似伏波饒將畧

猶聞蹈海報君恩要荒又議珠崖棄霸業彌思蠚屋尊

最是凋零蘇武節無人海外賦招魂

木棉花落絮飛初歌舞岡前夜雨餘閣道鑾聲都寂寞

市樓蜃氣亦空虛騎羊漫詡仙人鶴驅鱷難除海大魚

獨有十三行外柳重重深護畫樓居

人境廬詩草卷一終

弟遵庚初校
梁啓超覆校

人境廬詩草卷二

嘉應黄遵憲公度

寄四弟

雛雁毛羽成各各南北飛與君爲兄弟義兼友與師師嚴或傷和肝鬲君所知階前百尺桐濃緑侵鬢眉樹根兩坐石一平一欹奇我坐拾落葉君立攀高枝此讀彼吟哦形影常相隨有時隔屋語亦復穴壁窺當時忘此樂亦已樂不疲人生歡聚時何知苦别離

匏瓜繫不食壯夫是所羞出門望長安遠在天盡頭貢士親署名行作萬里游念此當乖離恩情日綢繆今年

槐花黃掛帆來廣州亦謂此恨淺待我過深秋秋風亦

已過別恨終悠悠欲歸不得歸飄蓬迹沈浮登高插茱

萸重陽風颸颸以汝異鄉思知我游子憂千里遠相隔

已恨歸滯留何況萬里別益以十年愁

人境廬雜詩

春風吹庭樹樹樹若爲秋忽作通宵雨來登近水樓溼

雲攢岫出叠浪拍天流不識新波長沙邊有睡鷗

門前幾株樹樹外一亭茅㗇絮魚行水銜雛鳥戀巢月

隨瓜架漏花入藥欄交難怪陶徵士移居樂近郊

亦有終焉志其如綠鬢何雲閒猶作雨水止亦生波春

煖先鴉起湖寬讓鯽多門前親種柳生意未婆娑

出屋梧桐長都經手自栽十年勞樹木百尺看成材莽

莽風雲會深深雨露培最高枝上月留待鳳凰來

紫藤花壓架開落到如今舊雨傷黃土殘春悵綠陰尋

香猶惘惘埋玉故深深庭下閒乂手多余戀舊心

葉葉蕉相擊叢叢竹自鳴蕭蕭傳雨意摵摵誤秋聲露

溼寒蛩寂枝搖暗鵲驚幢幢燈影暗獨坐到微明

初日照高樓遲遲樹影收苔痕緣壁漫花氣到簾留春

軟雞同粥風和鵲亦柔書聲牆外過有弟住東頭

耐冷齋頭客西寗學署齋名時詩五客此鰥魚不寐餘知君長獨坐念

我近何如哀樂中年感艱難遠道書楊梁諸子好蹤跡

亦蕭疏

將應廷試感懷

二十餘年付轉車自摩髀肉問何如暫垂鵬翼扶搖勢

一學蠅頭世俗書蕩蕩天門爭欲上茫茫人海豈難居

尋常米價無須問要訪奇才到狗屠

出門

出門楊柳萬條春送我臨歧意未申得失雞蟲何足道

文章牛斗可能神無窮離合悲歡事從此東西南北人

手版腳韡兼帕首任風吹墮軟紅塵

由輪舟抵天津作

遙指天河問析津茫茫巨浸浩無垠華夷萬國無分土
人鬼浮生共轉輪敵國同舟今日事太倉稊米自家身
大鵬擊水南風勁忽地吹人落軟塵

水濱

來牛去馬看頻頻獨立蒼茫此水濱避面靑山難見我
打頭黃土信摶人東西市舶無分界南北藩封此要津
七十二沽秋色滿不堪吹鬢半胡塵

武淸道中作

始識風塵苦吾生第一回斗星隨北指雲氣挾東來走

竟偕牛馬臣初出草萊海天千萬里南望幾徘徊

天到荒寒地山猶懶刻鏤沙濛惟見日樹瘦盡如秋長

路漫漫苦斜陽渺渺愁嶺南好時節不爲荔支留

綠樹如雲擁門前百尺桐吾家正溪北有弟住牆東盡

室團欒樂行人夢寐中茫茫百端集到此意何窮

唐魏風同儉幽幷氣不豪龍衣將瓦覆牛矢壓牆高憂

患家多口荒凉地不毛最憐羅馬拜中婦乞錢號

居者與行者勞勞同一嘆　天恩纔咫尺民氣不衣冠

地况窮荒遠人兼瑣尾殘監門圖一幅誰上　九重看

早行

堤長已歷八九折柝擊猶聞四五更涼風吹衣抱衾臥

殘月在樹啼烏聲東方欲明未明色北斗三點兩點星

腐儒饑寒苦相迫驅車自唱行行行

慷慨

慷慨悲歌士相傳燕趙多我來仍失志走問近如何到

處尋屠狗初番見槖駝龍泉腰下劍一看一摩挲

月夜

梧桐庭院鳳凰枝六尺湘簾跪地垂長記綺窗相對語

二三更後夜涼時

代柬寄詩五蘭谷並問諸友

入夢江湖遠撐胸天地寬長安人踏破有客獨居難短
榻鳴蟲寂孤燈落葉寒不禁兒女語瑣屑寫君看
萬樹秋風起吾心吹不歸袖留孤刺在書自百城圍大
海容鷗住高雲看鳥飛酒痕和淚漬時一檢青衣
親健都奇福芳蘭各自花雲扶王父杖（余祖年六十六矣）酒煖冷
官銜（詩五尊人官西寧學博）巢燕長依母棲烏又有家（詩五近方續娶）上堂
如照鏡莫嘆鬢絲華
覆地桐陰綠中爲人境廬剛柔分日課兄弟各頭居草
草常留飯匆匆亦讀書近來仍過我見我衰師無

狂歌示胡二曉岑曦

飛鳥不若筊鳳游鱗不若豢龍虛譽不若疑謗速拙不若緩工高臺落日多悲風我劍子劍弓子弓與子拍手青雲中但須塞耳甘耳聾蒼蠅營營無萬數下士大笑聲滃滃

重九日雨獨遊醉中作

吹面風多冷意酣蕭蕭寒雨滴重簷宵來一醉長安市竟夕相思大海南偏插茱萸偏我少無端萍梗爲誰淹故山歲歲登高去蟹熟鱸香酒壓擔

別賴雲芝同年鶴年

結客須結少年場占士能占男子祥爲雲爲龍將翺翔

擔簦跨馬毋相忘蒼梧之水悠且長中有潯山山蒼蒼

前有龍翰臣呂月滄后朱伯韓王定甫靈芝繼起殊尋

常渾金璞玉其器良皇皇使者鐵網張摩抄三之貢玉

堂鳳凰飛飛上高岡立足未穩天風剛吹爾斂翼下八

荒長安紈袴多清狂濶眉廣袖時世粧日醉杜曲歌韋

娘紅裙翠襦團銀觴朝朝暮暮樂未央子獨閉門尋羲

皇靑鞋破帽闇無光時或彳亍書賈坊邂逅揖我謂我

臧子之外家吾故鄉通明移家趨華陽至今鄉音猶未

忘西風牽手情話長比鄰胡二工文章因我識子攄肝

腸桃笙棋褥鋪繩床敲氷煮茗焚淸香左陳鐘鼎右縹

緗往往道古稱先王繁星窺戶月在牆甲夜至丙言尤
詳子言少孤早罹殃機聲燈影宵啼蛩阿母責讀聲琅
琅每至蓼莪泣數行去年雛鳳新求凰左敖右翻招由
房和鳴鏘鏘期育姜倚門倚閭久相望不可以留行束
裝春明門外多垂楊寒雨乍斷露始霜今日送子天一
方貧士縮瑟無酒漿祇用好語深淺商子足暫刖庸何
傷歸與兄弟謀稻粱問字之酒束脩羊男唯女俞懽重
堂明年槐黃舉子忙呦呦鹿鳴諧笙簧行聽子歌承筐
將人生相見殊參商吁嗟努力毋怠皇

爲蕭少尉步青作　蕭公平遠人任河南永城縣丞咸豐五

年粤逆破城妻女姪婦同時殉難分祀昭忠節烈祠

守土穹官先敗北防河諸將亦籠東哦松射鴨閒官耳

一死猶能作鬼雄

烏之珠歌

穀皇帝馬領侍衛某所進西安將軍所購也宮車晏駕馬悲

鳴於景山林樹之間卒以不食斃微臣聞而感焉

北風雨雪門不開景山暫作金粟堆黄竹歌停八駿杳

一馬鳴訴悲風哀此馬遠自流沙至鐵花滿身黑雲被

將軍甫奏天馬徠雄姿已有凌雲意鳳臆麟身人未知

內官頻促黄門試天顏一顧喜出羣便入天閑登上駟

春郊三月楊柳絲九衢夾道飛龍旗臥瓜吾仗引金鉞
霓幢羽葆隨黃麾烏皮靴聲地槖槖龍紋蓋影雲遲遲
十五善射作前導親王貝勒相追隨中一天人御飛鞚
蹋電追風塵不動黃韉朱氈鏤金鞍顧影不鳴更矜寵
路旁遙指衣黃人側睞龍媒神亦悚沙平風軟四蹄輕
不聞人聲惟馬聲銀花佩帉露黃帶紅絨結頂飄朱纓
少年天子萬民看望塵不及人皆驚鑾儀校尉獨惆悵
輕車步輦空隨行從官爭費千金產苦索飛龍求上選
奚官善相阿敦調有此神駿無此穩一朝忽泣天花雨
日慘雲冥愁楚楚都是攀髯不逮人幷鮮慰情勝無女

萬花淚濺柳愁含御牀不埽空垂簾六宮共抱蒼梧痛

萬國還驚白奈簪多時不見宮中駕一馬悲嘶夜復夜

自蒙拂拭衆人驚奚啻黃金長聲價青絲絡頭伏道旁

反因受寵叢譏罵何如死殉侍昭陵風雨靈旗馳石馬

先皇御宇十三年金牀玉几少晏眠黃巾甫平白帽擾

戰馬每歲從周旋望雖禮拜木蘭返十年往事猶目前

中興未集弓劍閟豈獨此馬哀呼天即今兵革猶未息

羣胡化鬼擾西域王師出關萬虎羆衆馬從人同殺賊

汝獨一死報君恩吁嗟龍性固難測烏珠烏珠努力肯

飽食諒汝立功能報國

田橫島

生王頭死士壟一毛輕等邱山重臣頭百里走見王王
自邀前頭不動五百人頭共一邱人人視頭同贅疣背
面事讎頭亦羞橫來橫來大者王小者侯臣戴頭來王
勿憂嗚呼死士壟乃爲生王頭

和鍾西耘庶常德祥津門感懷詩

雷動星馳入貢車舌人環列護交閭但占風雨都來享
偶斷苞茅便問諸宅北曾分羲仲命康熙中用湯若望南懷仁爲欽天監皆西人
綏南遠賜趙佗書康熙二十五年俄羅斯邊鄙之人擾我黑龍江聖祖由荷蘭使舶賜其國王書乃遣使畫疆以外與安嶺爲界
盟津八百爭朝會猶記徵祥紀白魚

八荒無事息兵車七葉謳吟洽里閭豈謂浮雲變蒼狗
竟教明月蝕詹諸驪山烽火成焦土牛耳牲盤捧載書
秋草木蘭馳道靜白龍微服記爲魚

六月中興賦出車金陵王氣復充閭華夷共主皆思服
堯舜如天尙病諸邊寇重編歸漢里和戎難下絕秦書
只應文物開王會珥筆曾誇太史魚

狼朊遺種等高車萬族相從到尾閭魑魅入林逢不若
蝦蟆吞月鑑方諸昔聞靺鞨歌西樂今見佉盧制左書
始受一壓濠鏡地有明師早漏多魚

執梃降王走傳車先擒月愛後東閭難言赤狄初何種

終痛庭堅祀忽諸兩帝東西爭戰國九州大小混方書

喁喁鷄鶋來無路久已縱橫海大魚謂南洋各島

電掣重輪走水車風行千里獻比閭移山未要嗤愚叟

捧土眞能塞孟諸黑齒雕題徵鬼籙赤文緑字詡天書

尋常弓矢疑堪用聞道潮人驅鱷魚

鸞聲閣道碾安車元老相從語踦閭未雨綢繆徹桑土

御冬旨蓄備桃諸借籌幸闢同文館警鼓驚傳奔命書

相戒魴鱮休出入吞聲私泣過河魚

東西南北走舟車虎穴驚看插邑閭七萬里戎來集此

五千年史未聞諸考工述物搜奇字鬼谷尊師發秘書

教訓十年民力盛倘排犀手射鯨魚

福州大水行同張樵野丈蔭桓龔靄人丈易圖作

黑風吹海海夜立倏忽平地生波濤囊沙擁水門急閉
飛浪已越城牆高漂廬拔木無萬數安得江楗淮陽包
衆頭攢動乍出沒欲葬無椁棲無巢攀崖緣壁幸脫死
饑腸雷吼鳴嗷嗷中丞視民猶已溺急起冒突揮露橈
鵰鶚毀室商救子魚鼈滿城資渡橋兇聞移粟蘇喘息
自雍及絳來千艘流離瑣尾得安宅無復登屋聲三號
天災流行國代有難得官長勞民勞海疆東南正多事
水從西來紛童謠曲突徙薪廣恩澤願亟靖海安天驕

將應順天試仍用前韻呈藹人樵野丈

平生攬轡澄清志足跡殊難出里閭萬一鉛刀堪小試可容韞匵便藏諸觚稜魏闕宵來夢簡練陰符夜半書一第區區何足道頻番緣木妄求魚

轍亂旗翻屢敗車行吟憔悴比三閭未知吾舌猶存否終望臣饑得食諸辛苦低頭就羈靮功名借徑寄詩書若論稽古榮車服久已臨淵不羨魚

旁午軍書議出車沿邊鵝鸛列爲閭眼看虎落環甌脫心冀燕雠雪望諸四海同袍征士氣頻年贈策故人書荷戈亦是男兒事何必河魴始食魚

齊東燕北走舟車三載南雲望倚閭宦學無成便歸去
父兄有命敢行諸傷禽惡聽連環彈老蠹愁繙舊校書
碧海掣鯨公手筆倘分勺水活枯魚

述懷再呈譪人樵野丈

嗚呼制藝與今蓋六百年宋元始萌蘖明制　皇朝沿
十八房一行羣蟻趨附羶諸書束高閣所習唯兎園古
今昏不知各各張空拳士夫一息氣奄奄殊可憐黼黻
承平時無賢幸無奸小醜一竊發外患紛鉤連但辦口
擊賊天下同拘攣　祖宗養士恩幾費大官錢徒積汗
牛文焉用扶危顛到此法不變終難興英賢中興名世

者豈不出其間
漢家耀武功累葉在西北車書四萬里候尉三重譯物
腐蟲蠹生月盈詹諸蝕鼠盜忽竊發犬戎敢相逼惜哉
臣年少不及出報國中興六月師羣陰歸殄滅臣虎臣
方叔持節布威德如何他人睡猶鼾臥榻側白氣十丈
長狼星影未匿羣狐舞天山酋者阿古栢公與秦晉盟
隱若樹一敵王師昨出關軍容黑如墨狺狺桀犬吠尙
暹有苗格東南鬼侯來晝伏夜伺隙含沙射人影鬼蜮
不可測虎威狐輒假鴟視鼠每嚇今年問周鼎明年索
趙璧恫疑與虛喝悉索無不力蕩蕩王道平如行入荊

棘普天同王臣咸願修矛戟荷戈當一兵吾亦從殺賊」
兩漢舉賢良六朝貴門第設科不分目我清重進士
孔孟生今日必就有司試豈能無斧柯皇皇行仁義憲
也少年時謂芥拾青紫五嶽塡心胸往往矜爪觜三戰
復三北馬齒加長矣破劍破後衣年年來侮恥下爭雞
鶩食擔囊走千里時時發狂疾痛灑憂天淚羣書雜然
陳所志非所事枘鑿殊方圓如何可嘗試今上元二
年詔書下黃紙帝曰爾諸生爾其應大比紛紛白袍
集臣亦出載贄既不莘野耕又難漆雕仕龍門雖則高
舍此何位置掄才國所重得第親亦喜繞牀夜起舞何

以爲臣子

大獄四首

國恥誠難雪何讎到匹夫既傳通道檄翻棄入關繻事

竟成狙擊危同捋虎鬚陰謀圖一逞攘外計何愚

萬里滇南道空勞秉節臣就令戎伐使已累漢和親况

坐王庭獄惟誣化外人在旁鷹眼睨按劍更生嗔

洗血拚流血鯨魚海上横人方投袂起我始奉書行重

鎮勞移節群兒慮刼盟懷柔數行詔悔過復渝平

休倡攘夷論東西共一家疏防司里館謝罪使臣槎詎

我持英蕩容人擊副車萬方今一概莫自大中華

別張簡唐思敬並示陳綍尙元焯

馬首欲東王事亟乘轅改北故人歸別君泥醉杯中酒

獨我愁看身上衣萬緒一時齊擾擾三年同客更依依

平安寄語吾家去爲道腰支近稍肥

平生四海論人物早有張陳在眼中一舉雲霄希有鳥

頻年塵土可憐蟲試思科第定何物長此羈貧郤惱公

歸問白眉吾好友可能追逐共雲龍

三十初度

學劍學書無一可摩抄兩鬢漸成絲爺娘歡喜親朋賀

三十年前墮地時

將之日本題半身寫眞寄諸友

如此頭顱如此腹此行萬里亦奇哉諸公未見靴尖趯

待我扶桑濯足來

又寄內子

十年驩聚不知愁今日分飛獨遠遊知否吾妻橋上望

淡烟疎柳數行秋（日本東京有吾妻橋）

人境廬詩草卷二終

弟遵庚初校
梁啓超覆校

人境廬詩草卷三

嘉應黃遵憲公度

由上海啓行至長崎

浩浩天風快送迎，隨槎萬里賦東征。使星遠曜臨三島，帝澤旁流徧裨瀛。大鳥扶搖摶水上，神龍首尾挾舟行。馮夷歌舞山靈喜，一路傳呼萬歲聲。

滿城旭影曜紅旗，神武當年此肇基。竿木纔平秦世亂，衣冠創見漢官儀。中原舊族流傳遠（長崎多有勝朝遺老後裔），四海同家聚會奇。此土此民成此國，有人盡日倚欄思。

西鄉星歌

西鄉隆盛既滅適有彗星見於日本西南境國人遂名之爲

西鄉星

人不能容此嶔嵜磊落之身天尙與之發揚蹈厲之精
神除舊布新識君意爛爛一星光射人人人驚呼伯有
至昨爲大盜今爲厲海上纔停妖鳥鳴天邊尙露神龍
尾神龍本自西海來蹈海不死招魂囘當時帝星擁虛
位披髮上訴九天閶闔呼不開尊王攘夷平生志聯翩
三傑同時起錦旗遙指東八州手縛名王獻天子河鼓
一將監衆軍中宮匡衛羅藩臣此時赤手同捧日上有
一人戴旒冕是爲日神之子天帝孫下有八十三州地

滿城旭綵輝紅輪乾坤整頓兵氣息光華復旦歌維新
無端忽唱征韓議汝輩媕阿難計事參商水火不相能
拂衣大笑吾歸矣歸來落拓不得志牽狗都門日遊戲
鼻端出火耳後風指天畫地時聚議夜半拊床欲爲帝
奮挺大呼投袂起將軍要問政府罪胡驅吾輩置死地
三千萬衆我同胞忍令絞血輸血稅死於饑寒死於苛
政死於暴客等一死徒死何如舉大計一時嘯聚八千
人各負長刀短銃至赤囊傳警舉國驚守險力扼熊本
城雷池一步不得過天網所際難逃生十二萬軍同日
死嗚呼大星遂隕地將軍之頭走千里將軍之身分五

體聚骨成山血作川噫氣爲風淚如雨此外喑嗚叱咤

之聲勢化爲妖雲爲沴氣騎箕一星復歸來狼角光芒

耀天際吁嗟乎丈夫不能留芳千百世尙能貽臭億萬

載生非柱國死非閻羅王猶欲齘血書經化作魔王擾

世界英雄萬事期一快不復區區計成敗長星勸汝酒

一杯一世之雄曠世才

石川鴻齋英偕僧來謁張副使誤謂爲僧鴻齋作詩自

辯余賦此以解嘲

謂僧爲官非禿鶖謂官爲僧非沐猴爲官爲僧無不可

呼馬應馬牛應牛先生昨者杖策至兩三老衲共聯袂

寬衣博袖將毋同只少袈裟念珠耳師丹固非老善忘

魯侯亦豈儒爲戲知心迹僧心亦僧不復拘拘皮相士

先生聞當喜欲狂自辯非僧太迂泥但論普度一切心

安識轉輪三世事吾聞先達曾戲言莫如爲僧樂且便

世間快意十八九只恨酒色須逃禪入宮有妻案有肉

棄冠便作飛行仙昨者大邦布令甲宗門無用守戒法

周妻何肉兩無忌朝過屠門夕擁妾佛如有知亦歡喜

重願東來度僧牒溯從佛法初來東稻目以後爭信崇

造經千卷塔七級賜衣百襲粟萬鍾帝王亦稱三寶奴

上皇尊號多僧徒七道百國輸正稅民膏民血供浮屠

將軍柄政十數世爭挽强弓不識字斯文一脉比傳燈
亦賴儒僧延不墜西方菩薩東沙門天上地下我獨尊
尊君爲僧固君福急掩君口聽我言九方何必分黃驪
兩兎安能辨雄雌鴻飛盂記雪泥迹馬耳且任東風吹」

不忍池晚遊詩

上野有不忍池亦名西湖近郊勝地也余每喜晚遊長夏暑熱或夜深始歸得詩十數首

開門看雨夢纔醒一抹斜陽映畫屏隨著西風便飛去
弱花無力繫蜻蜓
蜃樓海氣隱重城浩浩風停遠市聲四壁晚鐘齊接應

分明不隔一牛鳴

紅板長橋雁柱橫兩頭路接白沙平前呼後擁蕭蕭馬

猶記將軍警蹕聲

如此江山信可憐驪虞霸政百餘年黃粱飯飽紅燈上

小戶家家弄管絃

百千萬樹櫻花紅一十二時僧樓鐘白頭烏哭屋梁月

此是侯門彼佛宮王師東下以上野爲戰場故近處公侯第宅梵王宮殿大半荒廢矣

羯鼓鼕鼕舞折腰銀釭銜壁酒波搖鑪香裊處瓶花側

不掛當時黑鞘刀東人屋側以隙地爲供鑪插花之所舊時士夫皆佩雙刀宴飲時則懸於壁今廢此儀矣

薄薄櫻茶一吸餘點心淸露挹芙蕖青衣擎出酒波綠

徑尺玻璨紙片魚

鴉背斜陽閃閃紅桃花人面薄紗籠銀鞍并坐妮妮語

馬不斷風人食風（西人攜眷出遊者每并轡偕行）

萬綠沈沈一蟬迷茫水氣化湖煙無端吹墜豐湖夢

不到豐湖已十年

絕遠窮荒海外經風災鬼難渡零丁誰知大地山河影

只一微塵水底星

濛濛隔水幾行竹晤晤籠煙併是梅微影糢糊聲犖确

是誰攜屐踏花來

柳梢斜掛月如丸照水搖搖顚耐看欲寫眞容無此鏡

不難捉影捕風難

不耐茫茫對此何花如吉野月須磨如魚邪虎烏烏武

樹底時時人唱歌（吉野之櫻須磨之月爲東方名勝之最）

三更夜深月上檽荷花遙遙透微馨罏烟帖妥窗紗靜

不解參禪也讀經

山色湖光一例奇莫將西子笑東施即今隔海同明月

我亦高吟三笠辭（仲麻呂使於唐將還從明州上舟望月作歌世傳爲絕唱三笠山辭是也）

宮本鴨北以舊題長華園詩索和

繞樹山花紅欲然林中結屋屋如船人來蓬島無賓主

境比桃源別洞天近事披圖談門虎（謂英俄二國因突厥事）舊游濡

筆紀飛鳶 曾使高麗 登樓北望方多事未許偷閒作散仙

櫻花歌

鶬金寶鞍裝盤陀螺鈿漆盒攜叵羅織張胡蝶衣哆囉

此呼奧姑彼檀那一花一樹來婆娑坐者行者口吟哦

攀者折者手挼莎來者去者肩相摩墨江潑綠水微波

萬花掩映江之沱傾城看花奈花何人人同唱櫻花歌

道旁老人三嗟咨菊花雖好不如葵即今遊客多於鯽

未及將軍全盛時將軍主政國尙武源蹶平顚紛鬥虎

德川累世柔服人漸變戰場成樂土將軍好花兼好遊

每歲看花載簫鼓三百諸侯各質孥爭費黃金教歌舞

千金萬金營香巢花光照海影如潮遊俠聚作萃淵藪
眞仙亦迷脂夜妖合歌萬葉寫白紵纏頭每樹懸紅綃
七月張燈九月舞一年最好推花朝噴雲吹霧花無數
一條錦繡遊人路明明樓閣倚空虛玲瓏忽見花千樹
花開別縣移花來花落千丁載花去十日之遊舉國狂
歲歲驩虞朝復暮承平以來二百年不聞鼙鼓聞管絃
呼作花王齊下拜自誇神國尊如天當時海外波濤湧
龍鬼佛天都震恐歐西諸大日逞强漸剪黑奴及黃種
芙蓉毒霧海漫漫我自閉關眠不動一朝輪船礮聲來
驚破看花衆人夢我聞桃花源洞口雲迷離人間漢魏

了不知又聞淨土落花深四寸每讀華嚴經卷神爲癡
拈花再拜開耶姬上告豐葦原國天尊人皇百神祇仍
願丸泥封關再閉一千載天雨新好花長是看花時
陸軍官學校開校禮成賦呈有栖川熾仁親王
爲將不知兵是謂卒予敵不敎驅之戰豈能出以律桓
文節制師蘇張縱橫策制勝非有他所貴在練習日本
二千年本以武立國幕府値季世犬戎迭相逼賢豪爭
勤王蔚成中興辟環顧五部洲滄海不可隔函關一丸
泥勢難復閉壁勇夫且重閉豈曰偃兵革天孫茅纏矟
高麗鋏鑄的古豈無利器今合借他石近年歐羅巴兵

法蓋無匹廣輪四海圖上下千年籍擇長以爲師悉命譯人譯廣廈千萬間多士宅爾宅群萃而州處乃受觀摩益使指固藉臂伏足固藉翼得一良將才勝百連城璧是日營門開軍容荼火赫賢王代臨雍客卿咸就席組練簡一千距躍習三百捎馬熟連環飛礮鳴霹靂亦有輕氣球凌風騰千尺隼人與相撲餘技及刺擊粲粲西人服竦立咸屏息王告汝多士勗哉宜勉力及當摩厲須錐乃脫穎出千日可不用兢惕在朝夕王告汝多士貔虎在有北養汝民脂膏爲民出鋒鏑汝能扞城民俾汝公侯伯多士曰唯唯拜手受詔勅使者覩茲禮懽

忻目屢拭念余捧載書相見藉玉帛同在亞細亞自昔鄰封輯譬若輔車依譬若犄角立所恃各富强乃能相輔弼同類爭奮與外侮自潛匿解甲歌太平傳之千萬億

都踊歌

西京舊俗七月十五至晦日每夜亘索街上懸燈數百兒女艷妝靚服爲隊舞蹈達旦名曰都踊所唱皆男女猥褻之詞有歌以爲之節者謂之音頭譯而錄之其風俗猶之唐人合生歌其音節則漢人董逃行也

長袖飄飄兮髻峩峩荷荷裙緊束兮帶斜拖荷荷分行

逐隊兮舞傞傞荷荷往復還兮如擲梭荷荷回黄轉綠

兮挼莎荷荷中有人兮通微波荷荷貽我釵鸞兮餽我

翠螺荷荷呼我娃娃兮我哥哥荷荷柳梢月兮鏡新磨

荷荷雞眠貓睡兮犬不呵荷荷待來不來兮歡奈何荷

荷一繩隔兮阻銀河荷荷雙燈照兮暈紅渦荷荷千人

萬人兮妾心無他荷荷君不知兮棄則那荷荷今日夫

婦兮他日公婆荷荷百千萬億化身菩薩兮受此花荷

荷三千三百三十二座大神兮聽我歌荷荷天長地久

兮無差訛荷荷

庚辰四月重野成齋安繹 岩谷六一脩日下部東作鳴

鶴蒲生綱齋重章岡鹿門千仞諸君子約遊後樂園

園即源光國舊藩邸感而賦此

泓崢蕭瑟不可言周遭水木園亭軒夏初若有新秋意

褰裳來游後樂園主人者誰源黄門脫棄簪紱甘邱樊

夷齊西山不可得園有夷齊廟欲以此地爲桃源左挈舜水

右淡泊想見往往傾空尊嗚呼源平霸者起太阿倒持

歸將軍黄門懿親敢異議聊借蕨薇懷天恩一編帝紀

光日月開館彰考非爲文高山九郎好痛哭相繼呼天

叩帝閽布衣文學二三子協力卒使天皇尊即今賓客

紛裙屐一堂笑語言溫溫豈識當時圖後樂酒觴未擧

淚有痕豐碑巍然頹祠倒夕陽歸鴉噪黃昏願起朱子
使執筆重紀米帛貽子孫

送宍戸璣公使之燕京

海外大荒經既稱帶方東是有君子國挂劍知儒風唐
宋時遣使車書萬里同緇流唱金經武士橫𤦲弓內國
既多事外使不復通邇者海禁開乘時多英雄捧盤從
載書隔海飛艨艟益知唇齒交道誼在和衷子今持使
節累葉家聲隆博學等黃備抱德追菅公冠垂華簪枝
手燃梅花紅（世所傳菅原道眞奉使大唐圖手持梅花二枝考日本史道眞雖奉使命實未來華）同行二
三子亦如貫珠驂子能彌闕失竹帛銘汝功今日送子

去東西倏轉蓬扶桑遙迴顧旭影多朦朧仰瞻闕庭高

我心亦忡忡

大阪

黑面猴王今已矣尙餘石壘疊城濠江山入眼花光媚

樓閣凌虛海氣豪橫列東西靑雀舫旁通三百赤欄橋

昨宵茗宴今花會多少都人載酒遨

游箱根

危塗遠盤紆徑仄鳥迹絕一步不敢前雙足若被刖人

呼兜籠來縱橫寬尺八脚手垂郎當腰背盤曲折輿人

出裸國皮綢龜兆裂螭蛟繡滿身橫胸施絳袜兩肩乍

擡舉雙杖互扶挈前枝後更撐仰攀俯若跌有如蟻旋
磨又似蛇出穴跦跦上竹鮎蠢蠢爬沙鼈噫風竹筒吹
汗雨蒸甑泄勞倦時一歌鄉音鳥嘲哳烟樹繞千迴風
花眩一瞥峭壁俯絕壑旁睨每撟舌四山呼無人一墮
便永訣畏途盂中止弛擔婁更迭直窮絕頂高始覺天
地濶

羣峯插雲中結屋峯頭住濛濛萬雲海憑空無寸土開
窗起看雲迷茫若無覩一雲忽飛來一雲不肯去一雲
幻作龍盤旋繞屋柱闕窗急遮攔攢隙細如縷須臾塞
破屋眞氣滿庭戶解裝張行囊呼童共撈取大風捲地

來團作黑煙聚隱隱聞雷聲乍似嬰兒怒遥知百萬家
已灑三尺雨我方跂脚眠夢騎赤龍舞直傾天河水遠
向并豫注側身起西望夢墮雲深處時山西河南大旱
舉國無名川一湖何混瀁環抱三百里下窺五十丈神
武開闢來亘古無消長沈泉日穴出洑流失歸向一碧
湛空明萬象絕依傍昂頭只日月兩輪互摩盪我來駕
一舟杳茫迷所往謂是滄溟遊乘風破巨浪何圖衆山
頂乃泛海蕩蕩關東昔豪傑割地爭霸王湯池據此險
漆城莫敢上邇來司農官又作塡海想鑿脈乾此湖可
得千沃壤紛紛校得失堯桀我俱忘且作煙波徒容與

打雙槳
羣山若堂防依巖各搆屋家家爭調水曲筧引修竹泠
泠滴簷角汨汨出巖腹曉鴉猶未興旣有游人浴東屋
鳴琴紘西屋門棋局南屋垂釣竿北屋羅簡牘蛟毫展
涼簟鶴氅披輕服點白茶始嘗堆紅果初熟蕃舶從海
來蒲萄泛新淥洪崖揖浮邱簫史媚弄玉雞犬亦飛昇
熊魚各得欲人生貴行樂矧此神仙福纏腰更騎鶴辟
俗還食肉平生煙霞心奈此桑下宿行攜桃源圖歸我

簣簹谷

宮本鴨北索題晃山圖即用卷中小野湖山詩韻

地球渾渾周八極大塊鬱積多名山汪洋巨海不知幾
萬里乃有此島蟲其間關東八州特秀出落落晃山天
半懸亂峰插雲俯水立怒濤潑地轟雷鬩坐令三百諸
侯竭土木朘民膏血供雲烟下有黑獅白虎踆踆跪跪
伏闕下上有瓊樓玉宇高處天風寒中間一人冕旒擬
王者今古護衛僧官千嗚呼將軍主政七百載唯汝勳
業差可觀即今覇圖冢落披此卷尙足令我開笑顏古
稱海上蓬萊方壺圓嶠可望不可即我曰其然豈其然」
送秋月古香種樹歸隱日向故封即用其留別詩韻
昨日公侯今老農飄然掛冠歸舊封忙時蠟屐閒扶笻

空山猿鶴長相從舩棱帝闕春夢濃醒來忽隔天九重
天風吹袂雲盪胸云胡不樂心溶溶人生一別難相逢
落月屋梁思子容他時子倘思吾儂雞鳴西望羅浮峯

近世愛國志士歌

日本自將軍主政凡五百年世不知有王德川氏興投戈講藝親藩源光國作大日本史立將軍傳略仿世家載記及藩鎮列傳之例世始知尊王之義後源松苗作日本史略賴襄作日本外史益主張其說及西人刼盟幕府主和諸藩主戰於是議尊王議攘夷議尊王以攘夷繼知夷之不可攘復變而講和戎之利而大藩聯衡幕府傾覆尊王之事大定矣當

家康初政頗欲與外國通商繼而天草教徒作亂遂一意鎖港杜絕內外下令逐教士礮擊外船甚至漂風難民亦不許回國處以嚴刑識者深憂之而未敢昌言也外舶紛擾屢戰屢蹶有論防海者有議造礮艦者有欲留學外國者德川氏皆嚴禁之唱尊王者觸大忌唱通番者犯大禁幕府均下令逮捕黨獄横興株連甚衆而有志之士前仆後起踵趾相接視死如歸死於刀鋸死於囹圄死於逃遁死於牽連死於刺殺者蓋不可勝數卒以成中興之業維新之功可謂盛矣明治初年下詔褒奬各贈階賞邺今舉其尤著者十數人著於篇以興起吾黨愛國之士

今日共尊王，九原君知否？化鶴倘將來，摩挱柳城柳。山縣

昌貞字柳莊，甲斐人，著柳子十三篇，首曰正名，謂名不正則言不順，今以二千餘年之神統、三千萬衆之共主，而屈於一武人，名之不正孰甚焉。後與竹內武部聚徒講武，有上告者，告其考究江戶險要，遂論死。

草莽臣正之，望闕輒哭謁。眼枯淚未枯，中有杜鵑血。高山

正之字仲繩，上野人，讀史則泣，語王室式微則泣，訪南朝諸將殉難之迹則泣，世名之泣癡。每至京師，必至二條橋遙望闕，稽首曰：草莽臣正之味死再拜。拜畢又泣。後西遊久留米，自及於旅寓。

怒鞭尊氏像，泣述山陵志。可憐默默齋，猶復不恤緯。蒲生

秀實字君平，下野人，作山陵志以寓尊王，作不恤緯以寓攘夷。路過東寺，見足利尊氏像，大聲數其罪，鞭之數百乃去。上書幕府，幾陷重法，由是自號默默齋，不敢論事矣。

拍枕海潮來，勿再閉關眠。日本橋頭水，直接龍動天。林子

羅巴列國一水相通彼製巨艦履大海如平地視異域如比鄰而我不平仙臺人好遊歷至長崎接西人考外事嘗謂自江戶日本橋抵於歐

知備可謂危矣著三國兵談及三國通覽二書欲合日本全國爲一大城幕府命毀其板錮諸其藩

文章亦小技能動處士議武門兩石弓不若一丁字 梁孟

緯字星巖美濃人少治王陸之學工詩與賴山陽齊名外艦迭來歌哭一寓於詩戊午黨獄唱尊王者悉就縛幕吏以星巖爲其巨魁也數其罪時星巖已臥病乃收其妻景婉幷下於獄景婉亦能詩

鎖港百不知惟夢君先覺到今鴃舌聲徧地設音學 渡邊

華山人與高野長英等共譯西書英艦護送漂民歸幕府議曰彼以護送爲名而陰圖傳教通商意殊叵測斷不可以一二細民弛禁華山等腹非之乃作鴂舌小記蕃論私記愼機論長英亦著夢物語皆駁攘夷之非幕府遂下令搜捕嚴錮之

只一衣帶水便隔十重霧能知四國爲獨君識時務 佐久

間啓字象山松代人喜讀西書凡銃礮及築壘造艦諸技皆研究其術嘗創意製迅發銃曰比舊法銃利三倍當時薩長肥土諸藩議防海者

多師象山云爲門人吉田松陰畫策航海事發並下獄久之乃釋時水戶藩士結黨連名請宣布攘夷詔象山獨主開港將上書詣山階親王陳其利害爲暴客刺死

丈夫四方志胡乃死檻車倘遂七生願祝君生支那吉田

矩方字松陰長門人受兵學於佐久間象山象山每言今日要務當周航四海庶不致觀人國於雲霧中會幕府託和蘭購兵艦象山又曰仰給於外不如遣人往學之爲愈也幕府不納矩方聞之感憤時墨艦泊浦賀港象山實司警衛事乃密謀夜以小舟出港近墨船僞爲漁人墮水者墨人救之乃固請於墨將披理求搭載披理奇其才以犯禁故仍送致幕府請勿罪幕府錮之其藩密書寄象山曰知時務如先生今之俊傑也今之諸侯何者可恃神州恢復如何下手茫茫八洲置身無處丈夫死所何處爲宜乞告我矩方卒被刑維新以來長門藩士之以尊王立功者多其門人在獄中又嘗引楠正成語草七生滅賊說其英烈可想也

寧死不帝秦竟蹈東海死當時互抱人今亦騎箕尾僧月

照西京清水寺住持也美艦泊浦賀孝明帝勅令修禳災法賜以御書月照出入公卿門日謀勤王之事幕府尤忌之遂改姓易裝借西鄉隆

盛避難於薩摩聞追捕又至又走日向泊舟御舟浦會望夜大月霽朗開宴吟賞酒酣作歌示隆盛遂相抱投海時戊午十一月也同舟平野國臣等爭入海拯之而月照遂死隆盛後立功爲維新三傑與當路不協憤憤起兵今亦死

手寫御屏風美哉猶有憾君看紅旗揚神風埽夷艦 浮田

一蕙名可爲京師人班畫苑寄人美艦之來命其子八郎編入長洲隊伍既而和成一蕙不勝憤有乞畫者輒作神風覆艦圖以與之嘗寫御屏風後上書論事孝明詢其人則畫人也孝明嘆曰屏風所畫皆古來中興事朕對之實有慚色矣戊午黨獄一蕙父子亦拘繫尋押送江戶大學頭池內某與八郎有舊交同在獄一日同鞠池內意游移及還因室怒罵之曰汝非人也大丈夫寧爲溝中瘠烏可屈節以事權貴哉久乃釋之

雞鳴曉渡關烏棲夜繫獄長歌招和魂一歌一聲哭 黑川

登幾常陸村農黑澤信助之妻也少習國學善和歌戊午黨禍與幕府鋼水戶藩齊昭忒語登幾曰子亦憂國之士宜韜晦避禍登幾曰吾雖巾幗當走京師以雪君冤乃僞爲巡詣諸國神佛者已抵京幕吏捕之登幾慨然曰妾憂腥膻污我神州故求之神佛耳豈爲藩主貪緣要路

哉乃繫之獄後八年朝廷下褒辭曰汝一弱女子乃盡力王事始終不變艱險備嘗特賜米十石以養之

宗五汝宗五呼天訴民苦恨不漆頭顱留看民歌舞佐倉

宗五郎下總國農人爲佐倉主堀田某封內民堀田氏厚斂民不堪農夫二百餘人合謀上訴宗五郎曰此事宜死生以之至江戶訴於堀田氏邸訴於閣老久世和州皆不允宗五又曰將軍近日將詣東臺廟吾冒險爲之事終必成及期乃縛訴疏於長竿頭潛匿下谷三枝橋下將軍乘大輿喝道來宗五躍出投疏衛士縛之將軍以責堀田氏堀田氏乃輕稅而以越訴故處宗五郎及其妻磔死其子斬既而堀田氏家多祟乃爲建祠曰山口大明神每歲以二月三日八月三日祭之

赤穗四十七義士歌

日本元祿十四年三月天皇勅使聘於將軍將軍命內匠頭淺野長矩接伴十四日延使報謝詔命儀未行長矩卒拔刀擊高家上野介吉良義英義英走仆不死目付官就訊爭故

長矩對自奉命接件上野介每以非禮見遇是以及事將軍
大怒命囚長矩責之曰卿以憤爭故臨國大禮公然揮刄以
私怨滅公法其賜死其弟大學頭長廣收屍葬之泉岳寺報
至赤穗長矩老臣大石良雄聚衆言曰上野介尙在吾曹唯
有枕城而死耳共刺血盟誓遣使告於長矩外親戸田氏定
曰内匠頭有罪伏法臣等謹服命矣惟不共戴天之讐儼然
朝列臣等無顏立於人世敢含刄斛死以殉孤城請以此意
報之目付官氏定答書曰苟報之目付達於公朝恐將不利
於大學頭衆乃更議及收城使至復請曰淺野氏自勝國以
來世世蒙國恩今大學頭現在願赦罪繼其家官使曰諾良

雄復語衆曰城亡與亡烏敢以大學故而圖存雖然舍此豈
遂無死所哉各泣別去明年三月良雄等先後變姓名入江
戶佯爲販夫僦居義英第側以伺利便義英畏讐一夕三遷
莫測其蹤跡而嘗以茶事爲嬉所喜茶人某每會必與大高
忠雄乃佯爲富商從學茶燕法十二月十四夜義英將集飲
於家良雄等得茶人語遂聚衆舉事按第圖定部分衆皆戴
鐵兜衷鎖甲外爲救火吏服擔弓鎗長梯大椎從之神崎則
休鄉導夜四更至至則撾門緣屋乘高呼曰內匠頭家士爲
報讐來敢出拒者斬弱無力者坐不動者置之驩呼入室每
室燒燭徧搜不能得乃捕刼一人導至寢所有義英席臥被

尙暖衆知其逃匿不遠更四出旁搜間光與至房側聞囁囁
有耳語聲破戶呼曰得無在是耶衆發矢奮鎗薄之房乃藏
茶具者有人亂擲物以拒武林隆重揭燭見一人著白襯衣
在隱所方拔刀欲起隆重攙進斫而殪之額及背有創痕喜
曰此非亡主所手擊者哉乃吹螺嘯聚以竿懸首擁往泉岳
寺長矩墓所良雄預作具名書二通一留義英外廳一遣人
齎詣彈正官仙石久尙第自明其報仇非抗國法良雄等既
至寺以槖盤盛義英首又出匕首置碑跗上鋒刄外向四十
七士自呼名拜謁環跪墓前讀祭文曰去年三月十四日之
事臣等卑賤疏遠不與知其狀然竊料我公與吉良上野君

必有積怨深仇非得已也不幸仇人未得而身死國除遂以一朝之憤而亡百年之業臣等食君之祿應死君之事苟覥顏視息他日蒙恥入地將何面目見我公乎臣等自謀此事棄妻子捐親戚奔走東西不遑寧處凡一年又二百七十日於玆矣常慮溘先朝露所志不遂重爲世笑賴天之明君之靈昨夕四更往攻吉良氏臣等幸得藉手以畢先公未了之志此匕首昔公在時割所愛以賜臣者今謹以奉上請公以此甘心仇人以洗宿恨讀畢起取盤上首以匕首擊之三復相聚大哭既出見寺僧曰某等之事畢矣仙石久尙以事聞將軍命分囚之四諸侯邸明年二月四日就所拘之邸令以

屠腹死命曰前者淺野內匠所犯大不敬論死如法而吉良

上野介以無罪原而不問生殺皆出上旨汝等乃誣以主讐

結徒聚衆執持弓矢擅殺朝臣大逆不道其賜自盡衆皆稽

首曰自分應處極刑乃賜劍自裁此朝廷之仁也某等死暝

目矣乃悉葬之長矩墓側各爲立碑府下弔祭者塡湊成市

數月不已咸稱爲四十七義士各搜輯其姓氏年甲遺事刊

錄成帙所遺手澤爭寶藏焉

四十七士人同仇四十七士心同謀一盤中供仇人頭

哀哀燕雀鳴啁啾泥首泣訴圍松楸臣等無狀恐爲當

世羞君雖有臣不能爲君持干櫓君實有弟不獲傳國

如金甌君亦有國民不敢興師修戈矛猶復靦顏視息
日日偷臣等非敢國法讐伏念國亡君死實惟仇人由
當時天使來奉命同會酬環門觀禮千人稠彼名高家
實下流（高家世以知禮名接伴官每事問之）罵我衣冠如沐猴笑我朝會啼
禿鶖我君怒如鯁在喉拔劍一發不復收烏知仇人不
死翻貽家國憂臣等聞變行嘆復坐愁或言死拒或言
死請無能運一籌同官臭味殊薰蕕一國蒙戎如狐裘
最後決意報讎同力勠灑血書誓無悔尤四十七人相
綢繆蹈間伺隙忽忽歲一周昨夜四更月黑至鵂鶹衆
皆束甲撐鐵兜長梯大椎兼利鏃或踰高墉或踰溝開

門先及鈴下騶大呼轉門如貔貅彼仇人者巧藏軀如
椽銀燭徧宅搜神恫鬼怒人焉廋闖然首出霜鋒抽彼
盤之中血髑髏先公猶識傖父面目不此一匕首先公
所賜繞指柔請公含笑試吳鉤勿復齎恨埋九幽臣等
事畢無所求願從先君地下游國家明刑有臯繇定知
四十七士同作檻車囚不願四十七士戴頭如贅疣唯
願四十七士駢死同首邸將軍有令付管勾網輿分置
四諸侯明年賜劍如杜郵四十七士性命同日休一時
驚嘆爭歌謳觀者拜者弔者賀者萬花繞塚每日香煙
浮一裙一屐一甲一冑一刀一矛一杖一笠一歌一畫

手澤珍寶如天球自從天孫開國首重天瓊鉾和魂一
傳千千秋况復五百年來武門尙武國多賁育儔到今
赤穗義士某某某某四十七人一一名字留內足光輝
大八州外亦聲明五大洲

罷美國留學生感賦

漢家通西域正値全盛時南至大琉球東至高句驪北
有同盟國帝號俄羅斯各遣子弟來來拜國子師皇帝
臨辟雍皇皇漢官儀石經出玉篋寶蓋張丹墀諸王立
橫卷百蠻環泮池於戲盛德事慨想軒與義自從木蘭
狩國弱勢不支環球六七雄鷹立側眼窺應制臺閣體

和聲帖括詩二三老臣謀知難濟傾危欲爲樹人計所
當師四夷奏遣留學生有詔命所司第一選儁秀其次
擇門楣高門掇科第若摘頷下髭黃背好八服肯令手
停披茫茫西半球遠隔天之涯千金不垂堂誰敢狎蛟
螭惟有小家子重利輕別離紇干山頭雀短喙日啼饑
但圖飛去樂不復問所之藍縷田舍奴蓬頭乳臭兒優
給堂飡錢榮頒行裝衣舟人東西人相顧驚復疑此乃
窶人子胡爲來施施使者挈乘槎四牡光騑騑鄭重詔
監督一一聽指麾廣廈百數間高懸黃龍旗入室闃無
人但見空皐比便便腹高臥委蛇復委蛇借問諸學生

了不知東西各隨女師去雛雞毋相依鳥語日啾啁庶
幾無參差就中高材生每有出類奇其餘中不中太半
悲染絲千花紅毾㲪四窗碧琉璃金絡水晶柱銀盤夜
光杯鄉愚少所見見異輙意移家書說貧窮問子今何
居我今膳雙雞誰記炊扊扅汝言盎無糧何不食肉糜
客問故鄉事欲答顏忸怩嬉戲替戾岡游讌賀跋支互
談伊優亞獨歌妃呼豨吳言與越語病忘反不知亦有
習祆教相率拜天祠口嚼天父餅手繙景教碑樓臺法
界住香華美人貽此間國極樂樂不故蜀思新來吳監
督其僚喜官威謂此泛駕馬銜勒乃能騎徵集諸生來

不拜即鞭笞弱者呼謈痛強者反唇稽汝輩狼野心不
如鼠有皮誰甘畜生罵公然老拳揮監督憤上書溢以
加罪辭諸生盡佻達所業徒荒嬉學成供蠻奴否則仍
漢癡國家糜金錢養此將何爲朝廷命使者去留審所
宜使者護諸生本意相維持監督意亦悔駟馬舌難追
使者甫下車含怒故詆諆我不知許事我且食蛤蜊監
督拂衣起喘如竹筒吹一語不能合遂令天地睽郎當
一百人一一悉遣歸竟如瓜蔓抄牽累何纍纍當其未
遣時西人書交馳總統格蘭脫校長某何誰願言華學
生留爲國光輝此來學日淺難言成與虧頗有聰穎士

利錐非鈍槌忽然筵席徹何異鞶帶褫本圖愛相助今胡棄如遺相公答書言不過別瑕疵一旦盡遺撤譁然稱我欺怒下逐客令旋禁華工來溯自西學行極盛推康熙算兼幾何學方集海外醫天士充日官南齋長追隨廣譯奇器圖諸器何夥頤惜哉國學舍未及設狄鞮何聽兒戲所遺皆卑微部婁難爲高混沌强書眉坐令矧今學興廢尤關國盛衰十年教訓力百年富强基奈遠大圖壞以意氣私牽牛罰太重亡羊補恐遲蹉跎一失足再遺終無期目送海舟返萬感心傷悲按美國留學生於辛巳年裁撤奏請派往者曾文正公募集學生者豐順丁日昌率往者吳川陳蘭彬後派出使大臣前監督高州區諤良新會容增祥後監督南豐吳

嘉善其傑友為金某初率學生繼派副使寫新會容閎哈佛學堂亦其手造云

徐晉齋觀察壽朋　吳翰濤貳尹廣霈　隨使美洲道出日

本余飲之金壽樓翰濤即席有詩和韻以贈

銅琶高唱大江東不許閒愁惱乃公四海霸才能有幾

翰濤贈王弢園詩云落落寰中兩霸才又云縱交深嘆霸才稀　今宵歡樂又偕同狂呼酒盞

看樊素醉拭刀鋩辨正宗離別尋常休悵怨男兒志本

在飛蓬

流求歌

白頭老臣倚牆哭頹髻斜簪衣慘綠自嗟流蕩作波臣

細訴興亡溯天蹴天孫傳世到舜天海上踠蜒一脉延

彈丸雖號蕞爾國問鼎猶傳七百年大明天子雲端裏
自天草詔飛黃紙印綬遙從赤土頒衣冠幸不珠崖棄
使星如月照九州王號中王國小球英簜雙持龍虎節
繡衣直指鳳麟洲從此苞茅勤入貢艶說扶桑繭如甕
酋豪入學還請經天王賜襲仍歸聵爾時國勢正稱强
日本猶封異姓王只戴上枝歸一日更無尺詔問東皇
黑面小猴投袂起謂是區區應余畀數典橫徵貢百牢
兼弱忽然加一矢鯨鯢橫肆氣吞舟早見降旛出石頭
大夫拔舍君含璧昨日蠻王今楚囚畏首畏尾身有幾
籠鳥惟求寬一死但乞頭顱萬里歸妄將口血羣臣誓

歸來割地獻商於索米仍輸歲歲租歸化雖編歸漢里
畏威終奉嚇蠻書一國從兹臣二主兩姑未覺難爲婦
稱臣稱姪日爲兄依漢依天使如父一旦維新時事異
二百餘藩齊改制覆巢豈有完卵心顧器略存投鼠忌
公堂繾錫藩臣宴鋒車竟走降王傳剛聞守約比交隣
忽爾廢藩夷九縣吁嗟君長檻車去舉族北轅誰控訴
鬼界明知不若人虎性而今化爲鼠御溝一帶水溶溶
流水花枝胡蝶紅尚有丹書珠殿挂空將金印紫泥封
迎恩亭下蕉陰覆相逢野老吞聲哭旌麾莫覩漢官儀
簪纓未改秦衣服東川西川弔杜鵑稠父宋父泣鸜鵒

興滅曾無翼九宗賜姓空存殷七族幾人脫險作逋逃
幾次流離呼伯叔北辰太遠天不聞東海雖枯國難復
氈裘大長來調處空言無施究何補只有琉球郵難民
年年上疏勞疆臣

人境廬詩草卷三 終

弟遵庚初校

梁啓超覆校

人境廬詩草卷四

嘉應黃遵憲公度

奉命爲美國三富蘭西士果總領事留別日本諸君子

遠泛銀河附使舟眼看滄海正橫流欲行六國連衡策
來作三山汗漫遊唐宋以前原舊好弟兄之政況同仇
如何甌脫區區地竟有違言爲小球

占此江山亦足豪凌虛樓閣五雲高人饒春氣花多媚
山入波流地尙牢六代風流餘蠟屐百家磨鍊惜名刀
廿年多少滄桑感盡日憑欄首重搔

海外偏留文字緣新詩脱口每爭傳草完明治維新史

吟到中華以外天王母環來誇盛典吾妻鏡在訪遺編

若圖歲歲西湖集四壁花容百散仙

海水南旋連粤嶠斗星北望指京華但煩青鳥常通訊

貪住蓬萊忘憶家一日得閒便山水十分難别是櫻花

白銀宮闕吾曾至歸與鄉人信口誇

滄溟此去浩無垠回首江城意更親昔日同舟多敵國

而今四海總比鄰更行二萬三千里等是東西南北人

獨有興亞一腔血爲君戶戶染紅輪

爲佐野雪津常民題觚亭

占得江山美觚亭足勝遊高人欣對宇老子許登樓海氣鼇頭日天風鵬背秋他時囘首望認此作并州

海行雜感

正月十八日由橫濱展輪往美利堅二月十二日到舟中無事拉雜成此

東流西日奈愁何蕩以天風浩浩歌九點煙微三島小人間世要縱婆娑

稗瀛大海善談天丱女童男遠學仙倘遂乘桴更東去地球早闢二千年

叠牀恰受兩三人奩鏡盂巾位置勻寸地尺天雖局蹐

儘容稊米一微身

青李黄甘爛熳堆蒲桃濃綠潑新醅怪他一白淸如許

水亦輪廻變化來食果皆購自歐美二洲儲錫罐封固出之若新摘者水皆用蒸氣一經變化無復海鹹矣

中年歲月苦風飄强半光陰客裏抛今日破愁編日記

一年卻得兩花朝船迎日東行見日遞速於半途中必加一日方能合歷此次重日仍作爲二月初二故云

打窗壓屋雨風聲起看滄波一掌平我自冒風衝雨過

原來風雨不曾晴

星星世界徧諸天不計三千與大千倘亦乘槎中有客

囘頭望我地球圓

每每鴛鴦逐隊行春風相對坐調箏纔聞兒女呢呢語

又作胡雛戀母聲同舟西人多攜眷屬有俄羅斯公使夫婦每夕對坐彈琴和歌其聲動心

偶然合眼便家鄉夜二三更母在牀促織入門蛛掛壁

一燈絮絮話家常

是耶非耶其夢耶風乘我我乘風耶藤牀簸魂睡新覺

此身飄飄天之涯

一日明明十二時中分大半睡迷離黃公卻要攜黃嬭

遮眼文書一卷詩余居東時曾戲刊一印曰東海黃公

家書瑣屑寫從頭身在茫茫一葉舟紙尾只填某日發

計程難說到何州

拍拍羣鷗逐我飛不曾相識各天涯欲憑鳥語時通訊

又恐華言汝未知

蓋海旌旗闢道開巨輪擘浪礮鳴雷西人柄酌東人酒

長記通盟第一回日本與泰西立約實自嘉永癸丑美將披理以兵刼盟始所率軍艦七艘由太平洋東來同舟日本人有讀披理盟紀行者將到時猶能指其出師處也

逐客篇

華人往美利堅始於道咸間初由招工踵往者多數至二十萬衆土人以爭食故譁然議逐之光緒六年合衆國乃遣使三人來商訂限制華工之約約成至八年三月議院遂藉約設例禁止華工感而賦此

嗚呼民何辜値此國運剝軒頊五千年到今種極弱鬼

蜮實難測魑魅乃不若豈謂人非人竟作異類虐茫茫
六合內何處足可託華人渡海初無異鑿空鑿團焦始
蝸廬周防漸虎落藍縷啓山林邱墟變城郭金山盤堁
高伸手左右攫驪呼滿載歸羣誇國極樂招邀盡室行
後脚踵前脚短衣結椎髻擔簦躡草屩酒人舉庖人執
鍼偕執蹻抵掌齊入秦諸毛紛繞涿後有紅巾賊刊章
指名捉逋逃萃淵藪邊如蛇赴壑同室戈娶操入市及
相斮助以國網寬日長土風惡漸漸生妬爭時時縱謠
諑謂彼外來丐只圖飽囊橐地皮足一踏有金盡跳躍
腰纏得萬貫便騎歸去鶴誰肯解髮辮爲我供客作或

言彼無賴初來盡袒膊喜如蟲撲緣怒則獸噬搏野蠻

性嗜殺無端血染鍔此地非惡溪豈容食人鱷又言諸

婁羅生性極齷齪居同狗國穢食等豕牢薄所需日百

錢大潑難比較任彼賤値傭我輩坐朘削眼見手足傷

誰能忍毒螫千口音譊譊萬目瞪灼灼聯名十上書上

請王斟酌驟下逐客令此事恐倍約萬國互通商將以

何辭卻姑遺三人行藉免衆口鑠擲梟倘成盧聊一試

蒲博誰知糊塗相公然閉眼喏噫嘻六州鐵誰實鑄大

錯從此懸厲禁多方設扃鑰丸泥便封關重門復擊柝

去者鵲遶樹居者燕巢幕關譏到過客郊移及游學國

典與隣交一切東高閣東望海漫漫絕遠踰大漠舟人呼印須津吏唱公莫不持入關繻一來便受縛但是黃面人無罪亦笞掠慨想華盛頓頗具霸王畧檄告美利堅廣土在西漠九夷及八蠻一任通卬笮黃白紅黑種一律等土著逮今不百年食言曾不怍吁嗟五大洲種族紛各各攘外斥夷戎交惡詈島索今非大同世祇挾智勇角芒碭紅番地知汝重開拓飛鷹倚天立半球悉在握華人雖後至豈不容一勺有國不養民譬爲叢毆爵四裔投不受流散更安着天地忽跼蹐人鬼共咀嚼皇華與大漢第供異族謔不如黑奴蠢隨處安渾噩堂

堂龍節來叩關亦足躩倒傾四海水此恥難洗濯他邦
互效尤無地容飄泊遠步想章亥近功陋衛霍芒芒問
禹跡何時版圖廓

紀事

甲申十月爲公舉總統之期合衆黨欲留前任布連而共和黨則舉姬利扶蘭兩黨鬩爭卒舉姬君詩以紀之

吹我合衆笳擊我合衆鼓擎我合衆花書我合衆簿汝
衆勿喧譁請聽吾黨語人各有齒牙人各有肺腑聚衆
成國家一身比尺土所舉勿參差此乃衆人父擊我共
和鼓吹我共和笳書我共和簿擎我共和花請聽吾黨

語汝衆勿喧譁人各有肺腑人各有齒牙一身比尺土
聚衆成國家此乃衆人父所學勿參差
此黨誇彼黨看我後來續通商與惠工首行保護策黃
金准銀價務令昭畫一家家田舍翁定多十斛麥凡我
美利堅不許人侵軼遠方黃種人閉關嚴逐客毋許瀰
乃公鼾睡臥榻側譬如耶蘇餅千人得飽食太阿一到
手其効可計日彼黨斥此黨空言彼何益
彼黨訐此黨黨魁乃下流少作無賴賊曾聞盜人牛又
聞挾某妓好作狹邪遊聚賭葉子戲巧術妙竊鉤面目
如鬼蜮衣冠如沐猴隱慝數不盡汝衆能知不是誰承

餘竅竟欲糞佛頭顏甲十重鉄亦恐難遮羞此黨訐彼

黨衆口同一咻

某日戲馬臺廣場千人設縱横烏皮几上下若梯級華

燈千萬枝光照繡帷撤登場一酒胡運轉廣長舌盤盤

黄鬚虬閃閃碧眼鶻開口如懸河滾滾浪不竭笑激屋

瓦飛怒轟庭柱裂有時應者者有時呼咄咄掌心發雷

聲拍拍齊擊節最後手高舉明示黨議决

演說事未已復鬬縱觀場鉄兜繡緉襠左右各分行寶

象黄金絡白馬紫絲纒橐橐安步靴林林聳肩鎗或帶

假面具或手執長槍金目戲方相黑臉畫鬼王仿古十

字軍赤旆風飄揚齊唱愛國歌曼聲音繞梁千頭萬頭
動競進如排牆指點道旁人請觀吾黨光
衆人耳目外重以甘言誘濃綠茁芽茶淺碧釀花酒斜
紋黑普羅雜狙紅氈毵瑣屑到釵釧取足供媚婦上謁
士雕龍下訪市屠狗壘屎與侏張相見輒握手指此區
區物是某託轉授懷中花名册出請紀誰某知君有姻
族知君有甥舅賴君提挈力吾黨定舉首丁甯復丁甯
幸勿雜然否
四年一公舉今日眞及期兩黨黨魁名先刻黨人碑人
人手一紙某官某何誰破曉車馬聲萬蹄紛奔馳環人

各帶刀故示官威儀實則防民口預備國安危路旁局

外人各各捩眼窺三五立街頭徐徐撚頷髭大邦數十

籌勝負終難知赤輪日可中已詫郵遞遲俄項一報來

急喘竹筒吹未幾復一報聞鑼驚復疑抑揚到九天啼

笑奔千兒夜半籌馬定明明無差池轟轟祝礮聲雷響

雲下垂巍巍九層樓高懸總統旗

吁嗟華盛頓及今百年矣自樹獨立旗不復受壓制紅

黃黑白種一律平等視人人得自由萬物咸遂利民智

益發揚國富乃倍蓰泱泱大國風聞樂嘆觀止烏知舉

總統所見乃怪事怒揮同室戈憤爭傳國璽大則釀禍

亂小亦成擊刺尋常瓜蔓抄逮捕徧官吏至公反成私

大利亦生弊究竟所舉賢無愧大寶位倘能無黨爭尙

想太平世

馮將軍歌

馮將軍英名天下聞將軍少小能殺賊一出旌旗雲變

色江南十載戰功高黃絓色映花翎飄中原蕩淸更無

事每日摩挲腰下刀何物島夷橫割地更索黃金要歲

幣北門管鑰賴將軍虎節重臣親拜疏將軍劍光方出

匣將軍謗書忽盈篋將軍鹵莽不好謀小敵雖勇大敵

怯將軍氣湧高於山看我長驅出玉關平生蓄養敢死

士不斬樓蘭今不還手執蛇矛長丈八談笑欲吸匈奴
血左右橫排斷後刀有進無退退則殺奮梃大呼從如
雲同拚一死隨將軍將軍報國期死君我輩忍孤將軍
恩將軍威嚴若天神將軍有令敢不遵負將軍者誅及
身將軍一叱人馬驚從而往者五千人五千人衆排牆
進綿綿延延相擊應轟雷巨礮欲發聲既戟交胸刀在
頸敵軍披靡鼓聲死萬頭竄竄紛如蟻十盪十決無當
前一日橫馳三百里吁嗟乎馬江一敗軍心慴龍州壓
地賊氛壓閃閃龍旗天上翻道咸以來無此捷得如將
軍十數人制梃能撻虎狼秦能興滅國柔強鄰嗚呼安

得如將軍

九姓漁船曲

白石青溪波作鏡翩翩自照驚鴻影本來此事不干卿

偏擾波瀾生古井使君五馬從天來八閶張羅網賢才

何圖滿載珊瑚後還有西施網載回西施一舸輕波軟

原是官船當娃館玉女淸臚隔牖窺徑就郎懷歌婉轉

婉轉偎郎倚郎坐不道魯男眞不可此時忍俊未能禁

此夕銷魂便眞箇門前烏桕天將曙搴篷重對雙星訴

君看銀潢一道斜小星竟向鵲橋渡鵲橋一渡太匆匆

割臂盟寒忍負儂不願郵亭纔一夕盂將歌曲換三公

紛紛禮法言如雨風語華言相註誤欲乞春陰巧護花

綠章寧向東皇訴略言臣到庚宗宿大隄花艷驚人目

爲求箍室夢泉邱敢挈阿嬌貯金屋彈章自劾滿朝驚

竟以風流微罪行如何鐵石心腸者偏對梨渦忽有情

雅娘傳語鳩媒妬儂家世世橫塘住相當應嫁弄潮兒

不然便逐浮梁賈張羅得鳥雖有緣將珠抵鵲寍非誤

禍水眞成薄命人微瑕究惜閒情賦剛說高飛變鳳凰

無端打散鷩鴛鴦金釵敲斷都由我團扇遮羞怕見郞

永豐坊柳絲絲綠拋卻一官贉雙宿莫將破甑屢迴頭

且唱同舟定情曲

感懷

下阰黃壚上九天白雲望斷眼空懸濛濛零雨又寒食

浩浩長流總逝川萬里游惟圖一飽三年淚忍到重泉

此身俯仰都慚愧鞅掌猶言我獨賢

人境廬詩草卷四終

弟遵庚初校
梁啓超覆校

人境廬詩草卷五

嘉應黃遵憲公度

八月十五夜太平洋舟中望月作歌

茫茫東海波連天，天邊大月光團圓，送人夜夜照船尾

今夕倍放清光妍，一舟而外無寸地，上者青天下黑水

登程見月四回明，歸舟已歷三千里，大千世界共此月

世人不共中秋節，泰西紀歷二千年，只作尋常數圓缺

舟師捧盤登舵樓，船與天漢同西流，虬髯高歌碧眼醉

異方樂祇增人愁，此外同舟下牀客，夢中暫免供人役

沈沈千蟻趨黑甜，交臂橫肱睡狼藉，魚龍悄悄夜三更

波平，如鏡風無聲一輪懸空一輪轉徘徊獨作巡檐行
我隨船去月隨身月不離我情倍親汪洋東海不知幾
萬里今夕之夕惟我與爾對影成三人舉頭西指雲深
處下有人家億萬戶幾家兒女怨別離幾處樓臺作歌
舞悲歡離合雖不同四億萬衆同秋中豈知赤縣神州
地美洲以西日本東獨有一客歘孤篷此客出門今十
載月光漸照鬢毛改觀日曾到三神山乘風竟渡太瀛
海舉頭只見故鄉月月不同時地各別即今吾家隔海
遥相望彼乍東升此西沒嗟我身世猶轉蓬縱游所至
如鑿空禹跡不到夏時變我游所歷殊未窮九州腳底

大球背天胡置我於此中異時汗漫安所抵搔頭我欲問蒼穹倚欄不寐心憧憧月影漸變朝霞紅朦朧曉日生於東

歸過日本誌感

舊游重到一淒然電掣光陰又四年老輩漸聞歌薤露滄波眞易變桑田出關符傳行人璽橫海旌旗下瀨船今日荷戈邊塞去可堪雪窖復氷天謂何子我大使

舟中驟雨

極天唯海水水際忽雲橫雲氣隨風走風聲挾雨行鵬垂天欲墮龍吼海齊鳴忽出風圍外滄波萬里平

到香港

水是堯時日夏時衣冠又是漢官儀登樓四望眞吾土不見黃龍上大旗

到廣州

秋風獨上越王臺弔古傷今幾霸才表裏山河故無恙因越南事近始解嚴逍遙天海此歸來滄波淼淼八千里圓月匆匆一百囘自撫頭顱看髀肉側身東望重徘徊

肇慶舟中

穩臥孤篷底迷茫夜氣微使星正西向零雨悵東歸燈影侵孤枕波聲蕩四圍行藏無一是萬事付沾衣

將至梧州誌痛

灑盡燈前淚偏沾身上衣呼天惟負負戀母尚依依吹樹風何急尋巢鳥獨飛殷勤看行篋在日寄當歸

游七星巖

歸帆正藉好風吹卻爲看山誤我期急水漸趨江合處困津粱佛亦疲返景入林人坐久昏鴉何事獨歸遲

奇峯橫出路窮時欲尋柯斧仙何處肇慶有爛柯山云即王質觀棋之處久

夜宿潮州城下

九曲潮江水遙通海外天客程餘百一江路故迴旋犬亦鄉音吠鷗依岸影眠艣聲催欸乃既有曉行船

夜泊

一行歸雁影零丁相倚雙凫睡未醒人語沈沈篷悄悄
沙光淡淡竹冥冥近家鄉夢心尤亟拍枕濤聲耳厭聽
急趁天明催艣發開門斜月帶殘星

遠歸

人人相見各開顏載得春風入玉關鄰里關心問筐篋
兒童拍手唱刀環且圖傍岸牽舟住競說乘槎犯斗還
海外名山都看遍杖藜還看故鄉山
鄉人以余遠歸爭來詢問賦此誌感
歡迎海客遠游歸各認容顏半是非六合外從何處說

十年來漸故人稀糟牀爭送牆頭酒針線愁牽身上衣舊識新交徧天下可如親戚話依依

今夕

相逢都怪鬢毛蒼今夕重依燈燭光已去年華一彈指無窮心事九迴腸雲中蜃氣樓臺幻海外龍堆道路長身世茫茫何可說呼兒炊飯熟黃粱

春夜招鄉人飲

春風漾微和吹斷簷前雪寒犬吠始停衆客互排闥出甕酒子釃欲壁燭奴爇花豬間黃雞亦足供餔醊團坐盡鄉鄰無復苛禮設以我久客歸羣起爭辯詰初言日

本國舊是神仙窟珊瑚交枝柯金銀眩宮闕雲餘白傅

龕錦留太眞韈今猶驂鸞來眼見非恍惚子乘仙槎去

應識長生訣靈芝不死藥多少秘筐篋或言可倫坡索

地始未獲匝月糧懼罄磨刀咸欲殺天神忽下降指引

示玉牒巨鼇戴山來再拜請手接狂呼登陸去礮響轟

空發人馬合一身手秉黃金鉞野人走且僵驚辟鬼羅

刹即今牛貨洲利盡西人奪金穴百丈深求取用不竭

又言太平洋地當西南缺下有海王宮蛟螭恣出沒漫

空白雨跳往往魚吐沫曾有千斛舟隨波入長舌天地

黑如盤腥風吹雨血轉腸入輪迴遺矢幸出穴始知出

魚腹人人慶復活傳聞浮海舟盡裹十重鋏叠牀十八
層上下各區別牛羊豕雞狗萬物萃一筏康莊九達開
周廬千戶闢船頭逮船尾巡行認車轍其人好樓居四
窗而八達千光壁琉璃五色紅鞢鞨傑閣高入雲明明
月可掇出入鬼仙間多具鎖子骨曾見高絙枝行繩若
飛越犂靬善眩人變態尤詭譎常聞海客談異說十七
八太章實親見然否待子決諸胡飽腥羶四族出饕餮
飣盤比塔高硬餅藉刀截茱香苜蓿肥酒艷葡萄潑冷
淘粘山蠔濃汁爬沙鼈動指思異味諒子固不屑古稱
美鬟眉今亦誇白皙紫髯盤蟠虬碧眼閃健鶻子年未

四十鬑鬑須在頰諸毛紛繞涿東塗復西抹得毋逐臭
夫習染求容悅子如誇狄强應擧巨毹罰謬稱夜郎大
能步禹跡涸試披地球圖萬國僅蟣蝨豈非談天衍安
論工剽竊一唱十隨和此默彼又聒醉喝杯箸翻笑震
屋瓦裂平生意氣頗滔滔論不歇到此窮詰屈口箝舌
反結自作滄溟游積日多於髮所見了無奇無異在眉
睫山經伯翳知坤圖懷仁說足迹未徧歷安敢遽排訐
大鵬恣扶搖暫作六月息尙擬汗漫游一將耳目豁再
閱十年歸一一詳論列

小女

一燈團坐話依依簾幕深藏未掩扉小女挽鬟爭問事

阿娘不語又牽衣日光定是舉頭近海大何如兩手圍

欲展地球圖指看夜燈風幔落伊威

即事

牆外輕陰淡淡遮牀頭有酒巷無車將離復合風吹絮

乍暖還寒春養花一醉瞢騰如夢裏此身飄泊又天涯

打窗山雨琅琅響猶似波濤海上槎

下水船歌

電光一掣光閃天洪波直瀉無迴旋饑鷹脫鞲兎走穴

馳輪下阪箭離弦君看我舟疾如駛世間快事那有此

潮頭拍拍鷗亂飛舟人叫絶篙師喜一山當頭一對面

倏忽兩山都不見羣山轉瞬眼欲花况又山頭雲萬變

江隨山轉氣益驕蹴沙嚙石波橫跳山雖百折舟一直

拍耳惟覺風刁刁風聲水聲相鼓盪舵傾桅側終無恙

風乘我耶我乘風便凌霄漢游天上年來足跡徧五洲

浮槎曾到天盡頭長風波浪奚足道平生奇絶輸此游

忽聞隔岸唱邪許縴夫努力力如虎百丈橫牽上瀨舟

三朝三暮見黃牛

閉關

鬱鬱松陰外深深一閉關暫游二萬里小住兩三間雲

懶隨龍臥風微任鳥還牆頭山自好何必詡神山

春暮偶游歸飲人境廬

某水某山我故鄉今時今日好容光頻年花事春三月獨我蓬飄天一方門外驪駒猶在道堂前燕子穩棲梁金盆月艷葡萄綠便擬狂飛千百觴

拜曾祖母李太夫人墓

鬱鬱山上松呀呀林中烏松有蔭孫枝烏非反哺雛我生墮地時太婆七十五明年阿弟生弟兄日爭乳太婆向母懷伸手抱兒去從此不離開一日百摩撫親手裁綾羅爲兒製衣裳糖霜和麵雪爲兒作餦餭髮亂爲梳

頭腳膩爲煖湯東市買脂粉礦面日生香頭上盤雲髻

耳後明月璫紅裙絳羅襦事事女兒妝牙牙初學語教

誦月光光一讀一背誦淸如新炙簧三歲甫學步送兒

上學堂知兒故畏怯戒師莫嚴莊將出牽衣送未歸踦

閭望問訊日百向赤足足奔忙春秋多佳日親戚盡團

聚雙手擎掌珠百口百稱譽我家七十人諸子愛渠祖

諸婦愛渠娘諸孫愛渠父因裙便惜帶將縑難比素老

人性偏愛不顧人笑侮鄰里向我笑老人愛不差果然

好相貌艷艷如蓮花諸母背我罵健犢行破車上樹不

停腳偷芋信手爬昨日探鵲巢一跌敗兩牙嚶血噴滿

壁盤礴畫龍蛇兒妹昵我言向婆乞金錢直傾紫荷囊

滾地金鈴圓爺娘拊我耳勸婆要加餐金盤膾鯉魚果

爲兒下咽伯叔牽我手心知不相干故故摩兒頂要圖

老人歡兒年九歲時阿爺報登科劍兒大父旁一語三

摩挲此兒生屬猴聰明較猴多雛雞比老雞異時知如

何我病又老耄情知不堅牢風吹兒不長那見兒扶搖

待兒勝冠時看兒能奪標他年上我墓相攜着宮袍前

行張羅織後行鳴鼓簫豬雞與花果一一分肩挑爆竹

響墓背墓前紙錢燒手捧紫泥封云是夫人誥子孫共

羅拜焚香向神告兒今幸勝貴頗如母所料世言鬼無

知我定開口笑大父回顧兒此言兒熟記一年記一年
兒齒加長矣兒是孩提心那知太婆事但就兒所見依
稀記一二太婆每出入籠東拄一杖後來杖挂壁時見
垂帷帳夜夜攜兒眠呼娘搔背蛘展轉千搥腰殷殷春
雷響佛前燈尚明窗隙見月上大父搴簾來歡笑時鼓
掌瑣屑及鄉鄰譏訶到官長每將野人語眩作鬼魅狀
太婆悄不譍便知婆欲睡戶樞徐徐闔移踵車輪曳明
朝阿娘來奉匜爲盥洗欲飯爺捧盤欲羹娘進匕大父
出迎醫覼縷講脈理咀嚼分嘗藥斟酌共量水自兒有
知識日日見此事幾年舉場忙幾年絕域使忽忽三十

年光陰迅彈指今日來拜墓兒既鬢滿嘴兒今年四十
大父七十九所喜頗聰强容顏類如舊週山看松柏不
要攜杖走拜跪不須扶未覺躬傴僂挂珠碧霞犀猶是
母所授繡補炫錦雞新自粤西購一手搴頷髭一手振
袍袖打鼓唱迎神紅氍齊泥首上頭爇紅香中間酌黄
酒青箬苞黍粽紫絲絡蓮藕大父在前跪諸孫跪在后
森森排竹筍依依伏楊柳新婦外曾孫是婆定婚媾阿
端年始冠昨年已取婦隨兒擎腰扇阿和亦十五長繆
次當孫此皆我兒女青青秀才衣兩弟名誰某少者新
簪花捧觴前拜手次第别後先提抱集賤幼一家盡偕

來只恨不見母母在婆最憐刻不離左右今日母魂靈

得依太婆否樹靜風不停草長春不留世人盡癡心乞

年拜北斗百年那可求所願得中壽謂兒報婆恩此事

難開口求母如婆年兒亦奉養久兒今便有孫不得母

愛憐愛憐尙不得那論賢不賢上羡大父福下傷吾母

年吁嗟無母人悠悠者蒼天

遣悶

花開花落掩關臥負汝春光奈汝何天下事原如意少

眼中人漸後生多聲聲暮雨蕭蕭曲去去流光踏踏歌

今日今時有今我茶烟禪榻病維摩

寒食

幾日春陰晝不成纔過寒食又清明霏霏紅雨花初落
嫋嫋白波萍又生欄外輕寒簾內暖竹中微滴柳梢晴
浮雲萬變尋常事一瞬光陰旣屢更

夜飲

長風吹月過江來照我華堂在手杯莫管陰晴圓缺事
盡歡三萬六千囘胸中五嶽撐空起眼底浮雲一埽開
玉管銅絃兼鐵板與君扶醉上高臺

日本國志書成誌感

湖海歸來氣未除憂天熱血幾時攄千秋鑑借吾妻鏡

四壁圖懸人境廬改制世方尊白統罪言我竊比黃書

王船山集有黃書 頻年風雨雞鳴夕灑淚挑燈自卷舒

十月十九日至滬初隨何大臣如璋使日本即於是日

由上海東渡今十二年矣

百年有幾相逢日一別重來十二年海水萍蹤仍此地

歲星荔實忽周天長江浪擊轟雲礮絕漠寒深大窖氈

公正南歸吾北上欲論近事恨無緣子峨先生自塞外賜環由滬來潮余方由港往

滬故差池不得相見

由潮州泝流而上駛風舟行甚疾

借得南風便無嫌上水船千帆張鳥翼一席盡鷗眠樹

若迎人立桅隨倚枕偏篙師相對語今夕且神仙

夜泊高陂其地多竹

一篷涼月冷於秋萬竹瀟瀟俯碧流欲擬勾留留不得

明年何處夢黃州

人境廬詩草卷五終

弟遵庚初校　梁啓超覆校

人境廬詩草卷六

嘉應黃遵憲公度

自香港登舟感懷

又指天河問析津東西南北轉蓬身行行遂越三萬里

碌碌仍隨十九人久客暫歸增別苦同舟雖敵亦情親

龍旗獵獵張旃去徙倚闌干獨愴神

過安南西貢有感

滄海歸來伏著書平生豪氣未全除仰看跕跕飛鳶墮

轉憶鄉人下澤車

高下連雲擁百城一江直溯到昆明可憐百萬提封地

不敵彈丸一礮聲

神功遠拓東西極聖武張皇六十年不信王師倒戈退

翻將化外棄南天

九眞象郡吾南土秦漢以前旣版圖一自三楊倡議後

珠崖永棄不還珠

班超投筆氣如山萬里封侯出玉關今豈無人探虎穴

寶刀難染血痕殷

錫蘭島臥佛

大風西北來搖天海波黑茫茫世界塵點點國土墨雖

日中國海無從問禹跡近溯唐南蠻遠逮漢西域舊時

職貢圖依稀猶可識自明遣鄭和使節馳絡繹凡百馬
流種各各設重譯金葉鑄多羅玉環獻摩勒每以佛光
明表頌帝威德蘇祿率群臣浡泥挈盡室闍斑披繡縵
扶服拜赤帝是雖蠻夷長竊號公侯伯比古小諸侯尙
足稱蒲璧其他烏了部爭亦坿商舶有詔鎭國山碑立
高百尺以此明得意比刻之罘石及明中葉後朝貢漸
失職豈知蕞爾國旣經三四摘鉄圍薄福龍大半供烏
食我行過九眞其次泊息力婆羅左右望羣島比蟣蝨
咸歸西道主盡拔漢赤幟日夕興亡淚多於海水滴行
行復行行便到獅子國

浩浩象口水流到硊伽山遙望窣堵波相約僧躋攀中
有臥佛像丈六金身堅右疊重累足左握光明拳雖具
堅牢相軟過兜羅緜水田脫淨衣髻雲堆華鬘大青髮
屈蠡圜金耳垂環就中白毫光普照世大千八十種好
相一一功德圓是誰攝巧匠上登忉利天刻此牛頭檀
語原訛傳惟佛有神力高踞兩山巔至今雙足迹尚隔
妙到秋毫顚或言佛涅槃婆羅雙樹間此即茶維地斯
十由延或言古無人只有龍鬼仙其後買珠人漸次成
市廛此亦妄造語有如野狐禪實則經行地與佛大有
緣參天貝多樹由此枝葉繁獨怪如來身不坐千葉蓮

既付金縷衣何不一啓顔豈眞津梁疲老矣倦欲眠如
何沈沈睡竟過三千年
吁嗟佛滅度世界眼盡滅最先王舍城大闢禪師窟迦
葉與阿難結集佛所說爾來一百年復見大會設恆河
左右流揵椎聲不絕其後阿育王第一信佛法能役萬
鬼神日造八萬塔舉國施與佛金榜國門揭九十六外
道羣言罷一切復遣諸弟子分授十萬偈北有大月氏
先照佛國月四開無遮會各運廣長舌漢家通西域聲
教遠相接金人一入夢白馬來負笈繩行復沙度來往
踵相躡總持四千部重譯多於髮華言通梵語衆推秦

羅什後分律法論宗派各流別要之佉盧字力大過倉

頡南有獅子王鑿字赤銅鍱當時東西商互通度人筏

但稱佛弟子能避鬼羅刹遂使諸天經滿載商人篋烏

喙苐子洲畏鬼性駃怯一聞地獄說心畏睒摩殺賴佛

得庇護無異棲影鴿國主爭布金妃后亦托鉢尊佛過

帝天高供千白氎樂奏梵音曲訟聽番僧決向來文身

人太半著僧衲達摩浮海來一花開五葉語言與文字

一喝付抹殺十年勤面壁一燈傳立雪直指本來心大

聲用棒喝非特道家流坩會入莊列竟使宋諸儒沿襲

事剽竊最奇宗喀巴別得大解脫不生不滅身忽然佛

復活西天自在王高踞黄金榻千百氈裘長膜拜伏上
謁西戎犬羊性殺人日流血喃喃誦經聲竟能消殺伐
藏衛各蕃部無復事鞭撻即今奔巴瓶改法用金㡳論
彼象教力羣胡猶震慴綜佛所照臨竟過九洲濶極南
到朱波窮北踰靺鞨大東渡日本天皇盡僧牒此方護
佛齒彼土迎佛骨何人得鉢緣某日是箭節莊飾紫金
堦供食白銀闕倒海然脂油震雷響金鈸香雲幢幡雲
九天九地徹五百虎獅象遍地迎菩薩謂此功德盛當
歷千萬刼有國賴庇護金甌永無缺豈知西域賈手不
持寸鐵舉佛降生地一旦盡刼奪

我聞舒五指化作獅子雄能令衆醉象敗竄頭籠東何
不勅獸王俾當敵人衝我聞犅大力手張祖王弓射過
七鉄豬入地千萬重何不矢一發再張力士鋒我聞四
海水悉納毛孔中蛟龍與魚鼈衆生無不容何不口一
吸令化諸毛蟲我聞大千界一擊成虛空譬擲陶家輪
極遠到無窮何不氣一噴散爲鞞藍風我聞三昧火燒
身光熊熊千眼金剛杵頭出烟焰紅何不呼阿奴一用
天火攻我聞安息香力能勅毒龍尾擊須彌山波濤聲
洶洶何不呼小婢悉遣河神從我聞阿脩羅橫攻善見
宮流盡赤蚌血藕絲遁無蹤何不取天仗壓制群魔凶

我聞毗琉璃素守南天封薜荔鳩盤茶萬鬼聲喁喁何
不飭鬼兵力助天王功惟佛大法王兼綜諸神通聲聞
諸弟子遞傳術猶工如何斂手退一任敵橫縱竟使淸
淨土概變腥膻戎五方萬天祠一齊鳴鼓鐘遙望西王
母虎齒髮蓬蓬合上皇帝號萬寶朝河宗佛力遂掃地
感嘆摧肝胸
佛不能庇國豈不能庇教奈何五印度竟不聞佛號古
有韋陀書云自梵天造貴種婆羅門挾此肆淩傲凡夫
鈍根輩分定莫能校自佛倡平等人各有業報天堂與
地獄善惡人所召卑賤衆首陀吹螺喜相告亦有婆羅

門漸漸服教導食屑鶉鳩行夜行鵂鶹叫塗灰身半裸
拜月腳左蹺各棄事天業迴向信三寶大地閻浮提慈
雲徧覆幬何意梵志輩勢盛復鼓噪灰死火復然尾大
力能掉別創溫都名布以人皇詔佛頭橫著糞訶罵維
嘲誚盡驅出家人一一出邊徼外來波斯胡更立祆神
廟千牛祭火光萬馬拜日曜嗣後摩訶末採集各經要
一經衍聖傳一劍鎮群暴謂此哥羅尼實以教忠孝天
使乘白馬口宣天所詔從則升九天否則殺左道教主
兼霸王黃屋建左纛繼以蒙古主挾勢尤桀驁以彼轉
輪王力大誰敢較邇來耶蘇徒徧傳新舊約載以通商

舶助以攻城礮謂天只一尊獲罪無所禱一切土木像
荒誕盡可笑頂上舍利珠拉雜付摧燒竟使佛威德燈
滅樹傾倒摩耶撫鉢哭迦葉捧衣悼像法二千年今日
末刼到惡王魔波旬更使衆魔嬈天人八部衆誰不生
悲惱

噫嗟五大洲立教幾教皇惟佛能大仁首先唱天堂以
我悲憫心置人安樂鄉古分十等人貴賤如畫疆惟佛
具大勇自棄銅輪王衆生例平等一律無低昂罪畏末
日審報冀後世償佛說有彌勒福德莫可當將來僧祗
刼普渡胥安康此皆大德慧傾海誰能量古學水風火

今學聲氣光辯才總無礙博綜無不詳獨惜說慈悲未

免過主張臂稱窮鴿肉身供餓虎糧左手割利及右手

塗檀香冤親悉平等善惡心皆忘愈慈愈忍辱轉令身

羸尫獸蹄交鳥迹一聽外物戕人間多虎豹天上無鳳

凰虎豹富筋力故能恣彊梁鳳凰太文彩毛羽易摧傷

惟彊乃秉權彊權如金剛吁嗟古名國興廢殊無常羅

馬善法律希臘工文章開化首埃及今亦歸淪亡念我

亞細亞大國居中央堯舜四千年聖賢代相望大哉孔

子道上繼皇哉唐血氣悉尊親聲名被八荒到今四夷

侵盡徹諸邊防天若祚中國黃帝垂衣裳浮海率三軍

載書使四方王威鎮象主鬼族馴狼朧歸化獻赤土頌德歌白狼共尊天可汗化外胥來航遠及牛賀洲鞭之如羣羊海無烈風作地降甘露祥人人仰震旦誰侮黃種黃弱供萬國役治則天下强明王久不作四顧心茫茫

溫則宮朝會

萬燈懸耀夜光珠纚縷黃金匝地鋪一柱通天銘武后三山絕島勝方壺如聞廣樂鈞天奏想見重華蓋地圖五十餘年功德盛女媧以後世應無

重霧

碌碌成何事有船吾欲東百憂增况瘁獨坐屢書空霧

重城如漆寒深火不紅昂頭看黄鵠高舉挾天風

倫敦大霧行

蒼天已死黄天立倒海翻雲百神集一時天醉帝夢酣

舉國沈迷同失日芒芒蕩蕩國昏荒冥冥蒙蒙黑甜鄉

我坐斗室幾匝月面壁惟拜燈光王時不辨朝夕地不

識南北離離火焰青漫漫刼灰黑如渡大漠沙盡黄如

探巖穴黝難測化塵塵亦緇望氣氣皆墨色象無可名

眼鼻若幷塞豈有盤古氏出世天再闢又非阿脩羅攪

海水上擊忽然黑暗無間墮落阿鼻獄又驚惡風吹船

飄至羅刹國出門寸步不能行九衢徧地鈴鐸聲車馬

雞棲匿不出樓臺蜃氣中含腥天羅磕匝偶露缺上有

紅輪色如血曖曖曾無射目光涼涼未覺炎手熱吾聞

地球繞日日繞球今之英屬徧五洲赤日所照無不到

光華遠被天盡頭烏知都城不見日人人反抱天墜憂

又聞地氣蒸騰化爲雨巧算能知雨點數此邦本以水

爲家况有竈煙十萬戶倘將四海之霧銖積寸算來或

尙不如倫敦城中霧

在倫敦寫眞誌感

人海茫茫着此身蒼涼獨立一傷神遞增哀樂中年感

等是尋常行路人萬里封侯從驃騎中興名相畫麒麟

虎頭燕頷非吾事何用眉頭鬱不中

得梁詩五書

廿年蹤跡半天下數盡新交總不如四海幾人眞我友

萬金一紙當家書相期雲漢高飛鵠難忘江湖同隊魚

事事蹉跎落人後可堪君尚逐前車余得拔萃後四年舉於鄉詩五亦如之余常以此爲戲

今別離

別腸轉如輪一刻旣萬周眼見雙輪馳益增中心憂古

亦有山川古亦有車舟車舟載離別行止猶自由今日

舟與車併力生離愁明知須臾景不許稍綢繆鐘聲一
及時頃刻不少留雖有萬鈞柁動如繞指柔豈無打頭
風亦不畏石尤送者未及返君在天盡頭望影倏不見
煙波杳悠悠去矣一何速歸定留滯不所願君歸時快

乘輕氣球

朝寄平安語暮寄相思字馳書迅已極云是君所寄既
非君手書又無君默記雖署花字名知誰簃縉尾尋常
並坐語未遽悉心事況經三四譯豈能達人意只有班
班墨頗似臨行淚門前兩行樹離離到天際中央亦有
絲有絲兩頭繫如何君寄書斷續不時至每日百須臾

書到時有幾一息不相聞使我容顏悴安得如電光一
閃至君旁
開函喜動色分明是君容自君鏡奩來入妾懷袖中臨
行剪中衣是妾親手縫肥瘦妾自思今昔得毋同自別
思見君情如春酒濃今日見君面仍覺心忡忡攬鏡妾
自照顏色桃花紅開篋持贈君如與君相逢妾有釵插
鬢君有襟當胸雙懸可憐影汝我長相從雖則長相從
別恨終無窮對面不解語若隔山萬重自非夢來往密
意何由通
汝魂將何之欲與君追隨飄然渡滄海不畏風波危昨

夕入君室舉手搴君帷披帷不見人想君就枕遲君魂

倘尋我會面亦難期恐君魂來日是妾不寐時妾睡君

或醒君睡妾豈知彼此不相聞安怪常參差舉頭見明

月明月方入扉此時想君身侵曉剛披衣君在海之角

妾在天之涯相去三萬里晝夜相背馳眠起不同時魂

夢難相依地長不能縮翼短不能飛只有戀君心海枯

終不移海水深復深難以量相思

憶胡曉岑

一別匆匆十六年雲龍會合更無緣隔鄰呼飲記同巷

積歲勞思各一箋無數波濤滄海外何時談話酒杯前

太章走徧東西極天外瀛洲別有天

感事三首

酌君以葡萄千斛之酒贈君以玫瑰連理之花餽君以波羅徑尺之果飲君以天竺小團之茶處君以琉璃層累之屋乘君以通幰四望之車送君以金絲壓袖之服延君以錦幔圍牆之家紅氍貼地燈耀壁今夕大會來無遮褰裳攜手雙雙至仙之人兮紛如麻繡衣曳地過七尺白羽覆髻騰三叉襜褕乍解雙臂袒旁綴纓絡中寶珈細腰亭亭媚楊柳窄靴簇簇團蓮華膳夫中庭獻湩乳樂人階下鳴鼓笳諸天人龍盡來集來自天漢通

銀查衣裳闌斑語言雜康樂和親懽不譁問我何爲獨不樂側身東望三咨嗟

吾聞弇州西有西極國積蘇累塊杳無極又聞昆侖山高萬餘里增城九重天尺咫此皆鈞天帝所都聚窟亦屬神仙徒元洲長洲本幻渺丹水赤水疑有無又聞西方大秦國遠軼南海波斯胡水晶作柱夜光絡繡縷織罽黃金塗犂軒善眩雖畧妄張騫鑿空原非誣談天足徵鄒子說蓋地亦列王母圖東西隔絕曠千載列國崛興強百倍道通南徼仍識途舟繞大郎竟超海衣裳之會繼兵車跂行蹞動同一家穆滿轍迹所不到今者聯

翩來乘槎吁嗟乎芒芒九有古禹域南北東西盡戎狄

豈知七萬餘里大九洲竟有二千年來諸大國

地球渾渾周八極天設區域限西北繩行沙度不可涉

黑風況畏羅刹國咄哉遠人來叩關鑿地忽通西南蠻

賈胡竟到印度海師船還越大浪山婆羅蘇祿吾南土

從此漢陽咸入楚長蛇封豕恣併吞喁喁鶼鰈來無路

可崙比亞尤人豪搜索大地如追逃裹糧三月指西發

極目所際惟波濤行行匝月糧且罄舟人欲殺鬼夜號

忽然大陸出平地一鈞手得十五鼇即今美洲十數國

有地萬里民千億世人已識地球圓更探增冰南北極

精衛終償填海志巨靈竟有擘山力華嚴樓閣雖則奇
滄海桑田究難測堂堂大國稱支那文物久冠亞細亞
流沙被德廣所及卻特威遠蔑以加宋明諸儒騖虛論
徒詡漢大誇皇華謬言要荒不足論烏知壤地交犬牙
鄂羅英法聯翩起四鄰逼處環相伺着鞭空讓他人先
臥榻一任旁側睡古今事變奇至此彼已不知盜勿恥
持被入直刺刺語不休勸君一騁四方志

寄懷左子興領事秉隆

古人材藝今俱有卻是今人古不如十載勳名輔英蕩
一家安樂寄華胥頭銜南島蠻夷長手筆西方象寄書

聞說狂歌敲鐵板大聲往往駭龍魚

送承伯純厚吏部東歸

他日是非誰管得當前聚散亦飄蓬茫茫海水搖天綠

說到歸心諒總同

歲暮懷人詩

三年秉節輝英蕩萬里持戈老玉門大息韓江流水去

近來心事共誰論何子莪宮詹

卌年冷署付蹉跎歸去空山臥薜蘿寫到哀辭哭金鹿

黃門老淚定無多潘孺初戶部

既死奸諛膽尚驚四夷拱手畏公名一篇薦士通天表

獨爾憐才到鯫生鄧鎮首鴻臚

門第將軍雙戟圍長安花好馬如飛只憐同聽秋聲館

瘦竹疎桐鶴不肥志伯愚宮詹仲魯編修

祭酒今爲天下師帝堯苗裔漢官儀文星光照銀潢水

流到人間萬派奇盛伯熙祭酒

要使天驕識鳳麟傳聞星使出詞臣氈裘大長驚相問

李揆中朝第一人李仲約侍郎

島夷史讀吾妻鏡淸廟書傳我子篇寫取君詩圖我壁

自誇上下五千年文芸閣編修

自笑壺邱懾鄭巫有時彈指說蘭闍四朝盟會文山積

排比成書有意無（袁爽秋 戶部）

十載承明校石渠搜羅七錄更無餘傳聞大典藏鑾貊

欲訪人間未見書（王懿鄉 戶部）

天竺新茶日本絲中原爭利漸難支相期共煉補天石

一借丸泥塞漏巵（陳次亮 戶部）

懷仁久熟坤輿志法顯兼通佛國言聞說荷囊趨譯館

定從絕域紀輶軒（沈子培 戶部）

典屬從公欲請纓嚇蠻草詔喜談兵迷雲毒霧飛鳶墜

曾佐星軺萬里行（楊虞裳 刑部）

漢學昌明二百年儒林中有婦人賢絳紗傳授宣文業

自詡家姑王照圓王蓮生編修

天邊雄鎭北門管海內通儒東塾書膝下傳經幕中檄

數君才調有誰如于晦若戶部

釋之廷尉由參乘博望封侯自使槎官職詩名看雙好

紛紛冠蓋遜清華張樵野廷尉

一疏尊崇到許君壁中古字發奇芬郘亭弟子湖州法

諷籀人人解說文汪柳門侍郎

粉署歸來作畫眠花磚徐步日如年不知新舊唐書注

紅燭增修得幾篇唐春卿侍講

赤嵌城高海色黃乍銷兵氣變文光他年番社編文苑

初祖開山天破荒邱仙根工部

老去頭陀深閉關悔將游戲到人間楊枝駱馬今都去

負杖閒看烏石山龔藹人方伯

百人同隊試青衫記得同歌宵雅三上湖乾嘉數毛鄭

瓣香應繼著花菴溫慕柳檢討

高柳深深閉戶居看兒畫扇婦鈔書著書注到萍蒲懶

恨不將身化作魚胡曉岑明經

結客須結少年場占士能占男子祥二十年前贈君語

於今憔悴鬢微霜賴雲芝孝廉

走徧環球西復東蒓鱸歸隱臥吳淞可憐一副傷時淚

灑盡吞花臥酒中王紫銓廣文

十洲三島浮槎去汗漫狂游久未還輸與清閒陽朔令

朝朝拄笏飽看山陳雁皋明府

聞君近入焦山去欲訪要離伴伯鸞一箇蝸廬置何處

漫山風雨黑如磐梁星海太常

娓娓清談玉屑霏仲宣體弱不勝衣十年面壁精勤甚

多恐量腰減帶圍黃仲韜編修

骨肉凋零感慨多玉關人老鬢微皤金壺自寫神傷賦

每念家山輒奈何許竹篔星使

教兒兼習蟹行字呼婢閒調鴃舌音十載蓬萊作仙吏

公庭花落屋廬深楊星垣觀察

珠江月上海初潮酒侶詩朋次第邀唱到招郎弔秋喜

桃花間竹最魂銷陳乙山工部

石鼓摩抄拜孔林每談佛性說仙心赤松辟穀知難學

要學先生戲五禽鍾子華茂才

拔萃簪花十五餘傾城看殺好頭顱不知今日靈和柳

猶似當年張緒無陳再薌明經

風雨寒更守一廬墓門夜夜泣啼烏多情人慣傷心語

更譜哀絃十斛珠劉少蓴秀才

十七年來又悼亡續絃仍復譜求皇鬑鬑四十羅敷喜

摩捋郎須細看郎梁詩五孝廉

兩兩鴛鴦挾鳳雛調羹食性各諳姑一家壽母紅氍拜

最羡君家家慶圖梁輯五孝廉

新聲五十瑟絃調愛我詩曾手自鈔遠隔蓬山思甲帳

此生無福比文簫

悲歡離合無窮事迢遞羈危萬里身與我周旋最憐我

寒更孤燭未歸人

春遊詞

垂柳含春春意多幾分婀娜幾婆娑車聲怒馬塵黃麴

橋影橫虹水綠波並坐競誇中婦豔緩歸爭唱少年歌

黃雞白日堂堂去欲喚玲瓏奈老何
鬱鬱
鬱鬱久居此依依長傍人梨花今夜雨燕子隔年春門
掩官何冷燈孤僕亦親車聲震牆外滾滾盡紅塵

登巴黎鐵塔

塔高法國三百邁突當中國千尺人力所造五部洲最高處
也

拔地崛然起崚崢矗百丈自非假羽翼孰能躡履上高
標懸金針四維挂鐵綱下竪五丈旗可容千人帳石礎
森開張露闕屹相向遊人企足看已驚眼界創懸車倏

上騰乍聞轆轤響（登塔者皆坐飛車旋引而上）人已不翼飛迴出空虛上並世無二尊獨立絕依傍卽居最下層（登眺之處分爲三層其最下層高五十邁突當中國十六丈四尺）高已莫能抗蒼蒼覆大圜森芒列萬象呼吸通帝座疑可通肸蠁自天下至地俯察不復仰但恨目力窮更無外物障離離畫方罫萬頃開沃壤微茫一線遙千里走河廣宮闕與城壘一氣作蒼莽不辨牛馬人沙蟲紛擾攘我從下界來小大頓變相未知天眼闞么麼作何狀北風冰海來秋氣何颯爽海西數點烟英倫鬱相望緬昔百年役（西曆一千三百餘年法國絕嗣英王以法王四世非立外孫欲兼王法國法人不允遂開戰爭凡九十餘年世謂之百年之役）裂地爭霸王驅民入鋒鏑傾國竭

府帑其後拿破崙蓋世氣無兩勝尊天單于敗作降王

長歐洲古戰場好勝不相讓卽今正六帝各負天下壯

等是蠻觸爭紛紛校得喪嗟我稊米身尫弱不自量一

覽小天下五洲如在掌旣登絕頂高更作凌風想何時

御氣游乘球恣來往扶搖九萬里一笑吾其儻

蘇彝士河

龍門竟比禹功高亘古流沙變海潮萬國爭推東道主

一河橫跨兩洲遙破空椎鑿地能縮銜尾舟行天不驕

他日南溟疏闢後大鵬擊水足扶搖南美洲之巴拿馬方疏鑿未畢

九月十一夜渡蘇彝士河

雲斂天高暑漸清沈沈魚鑰夜三更侵衣雪色添秋冷

繞檻燈光混月明（夜渡此河皆於船頭置電燈光照數十里兩岸沙堆皎潔如雪）大漠徑從

沙磧度雙輪徐碾海波平忽思十五年前事曾在蓬萊

島上行（日本南海道播磨峽中亦兩岸相接而山水清雅令人移情丁丑冬過此）

舟泊波塞是夕大雨蓋六月不雨矣

流沙亘千里絕塞比龍堆飛隼盤雲去明駝載水來破

荒三尺雨出地一聲雷溽暑都銷盡當風殊快哉

人境廬詩草卷六終

弟遵庚初校

梁啓超覆校

人境廬詩草卷七

嘉應黃遵憲公度

夜登近海樓

曾非吾土一登樓四野風酣萬里秋爛爛斗星長北指

滔滔海水竟西流昂頭尚照秦時月放眼猶疑禹畫州

回首宣南蘇祿墓記聞諸國賦共球

續懷人詩

創獲奇香四百年散花從此徧諸天支那奇字來何處

絜問薰菸說藥煙日本伊藤博文君能通古今事多智謀口含煙不輟嘗問余哥倫坡得南北美洲始有淡巴菰今四百年耳而華人乃有薰字菸字何故余言薰本香草菸爲敗葉皆假借字君意釋然然唐譯吡耶那雜事律云在王城嬰病吸藥煙瘳

損佛言以兩椀相合置孔引長管吸之其式如今阿剌伯人歙煙筒但未知所用何藥物耳

帕首韎刀走北門竟從逋盜作忠臣一腔熱血興亞會

認取當年蹈海人榎本武揚

憲憲英英偉丈夫不將韜畧學孫吳恨無舞袖回旋地

戲倒天吳折海圖大山巖

不關魏晉興亡事自署羲皇上古人白竹兜籠黃木屐

科頭可用護寒巾淺田惟常君本德川氏遺臣後遂不仕維新後氈衣革履君概置不用獨乘竹兜籠以二人舁之行不着帽余贈以道士巾則大喜會親友仿其式而橅造之

得詩便付銅絃唱對局何曾玉韘輸繞鬢青青好顏色

絕倫還似舊髯無重野安繹東人稱君爲三絕一能詩一善奕一美髯也

長華園裏好亭樓每到花時載酒遊歲歲花開頻入夢

桑乾夢醒夢并州宮本小一君官外部有園曰長華歲觴余於此臨別時爲誦賈浪仙句故云

袖中各有贈行詩向島花紅水碧時只恨書空作唐字

獨無煉石補天詞大沼厚南摩綱紀龜谷行巖谷修蒲生重章青山延壽小野長愿森魯直岡千仞鱸元邦皆詩人也壬午春余往美洲設餞於墨江酒樓各賦詩送行多有和余留別韻者森槐南魯直之子年僅十六兼工詞曾作補天石傳奇示余眞東京才子也別後時時念之

一龕燈火最相親日日車聲輾麴塵絕勝海風三日夜

挐舟空訪沈南蘋宮島誠一郎君住麴町與使館隔一街耳每見輒論詩昔畫師沈南蘋客長崎賴山陽聞其名走訪之阻風三日夜及至而南蘋已歸以爲平生恨事

已破家山贍故侯秦箏趙瑟倘風流可能網載西施去

不解風波不解愁　秋月種樹

曾觀菩薩處胎卷又訪那須國造碑直引蛇行橫蟹足

而今安用此毛錐　巖谷修日下部東作嗜工書法日本謂西人爲蟹行書而伊呂波假名乃如畫蛇

無端碌碌隨官去仍是鏗鏗說教師黃面瞿夷金指爪

可曾嫁畢女先醫　麥嘉締本美國教師張副使邀作隨員在甯波時養金氏女習西醫近聞紐約考試得一等官醫文憑日本歸時已二十五歲夷言夷服言他日當爲覓嫁黃種人云

幾年辛苦賦同袍膽大於身氣自豪得失雞蟲何日了

笑中長備插靴刀　傅烈秘同官金山領事初行限制華工例余與傅君遇華船至則出視一日過海關有工人羣集一人出一手槍指余輩云如敢引華人入境當以此相贈君手摸靴中銃復笑謂之云汝敢否

繞朝贈策送君歸魏絳和戎衆共疑罵我倭奴兼漢賊

函關難閉一丸泥朝鮮金宏集光緒六年曾上書譯署請將朝鮮廢爲郡縣以絕後患不從又請遣專使主持其外交廷議又以朝鮮政事向係自主尼之及金宏集使日本余爲作朝鮮策令攜之歸勸其親中國結日本聯美國彼國君臣集衆密議而聞者譁譟或上書詆金爲秦檜並彈射及我謂習聖教而變夷言蓋受倭奴之指使而爲祆教說法云

褎衣博帶進賢冠禮樂東方萬國看尺一璽書旗太極

是王外戚是王官閔泳翊奉使美國時在金山見之其國書稱大朝鮮國開國五百有幾年閔即王妃之弟云

東方南海妃呼豨身是流離手採薇深夜驪龍都睡熟

記君痛哭賦無衣琉球馬兼才初使日本泊舟神戶夜四鼓有斜簪頹髻衣裳襤褸者徑入舟即伏地痛哭知爲琉球人又操上音不解所謂時復搖手慮有倭人聞之既出一紙則國王密勅內言今日阻貢行且廢藩終必亡國令其求救於使臣者也

波臣流轉哭塗窮猶自低徊說故宮中有丹書有金印

蠻花仙蝶粉牆紅向德宏向馬皆世族德宏僅一微官然間關渡海婁求救援國亡後誓死不歸或言今猶寓

閩中云王宮有花名胡蝶紅亦德宏所言

新嘉坡雜詩十二首

天到珠崖盡波濤勢欲奔地猶中國海人喚九邊門南

北天難限東西帝並尊萬山排戟險嗟爾故雄藩

本爲南道主翻拜小諸侯巧奪盟牛耳橫行看馬頭黑

聒奴善睡黃教佛能柔遂刻芒芒跡難分禹畫州

華離不成國黔首尚遺黎家蓄獠奴段官尊鴨姓奚英官

護衛司用華文譯其姓爲奚最貪穢神差來卻要天號改撐犁益地圖王母諸

蠻盡向西

王屋沈沈者羣官劍佩磨開衙尊鳥了檢歷籍婁羅巢

幕紅鷹集街彈白鷺多獨無關吏暴來去莫誰何
裸國原狼種初生賴豕噓吒吒通鳥語裊裊學蟲書吉
貝張官織干蘭當佛廬人奴甘十等只願飽朱儒
紂絕陰天所犁韃善眩人偶題木居士便拜竹王神飛
蠱民頭落迎貓鬼眼瞋一經簪筆問語怪總非眞
化外成都會遷流或百年土音嘵鴂舌火色雜鳶肩馬
糞猶餘臭牛醫亦値錢奴星翻上座舐鼎半成仙
不着紅藁韈先誇白足霜平頭拖寶靸約指眩金鋼一
卸能千萬單衫但裲襠未須醫帶下藥在女兒箱
絕好留連地留連味細嘗側生饒荔子偕老祝檳榔紅

熟桃花飯黃封椰酒漿都縵都典盡三日口留香留連果最

美者諺云典都縵買留連留連紅衣箱空

舍影搖紅豆牆陰覆綠蕉問山名漆樹計斛蓄胡椒黃

熟尋香木青曾探錫苗豪農衣短後徧野築園焦

會飲黃龍去馱經白馬來國旗颺萬舶海市幻重臺寶

藏諸天集闕門四扇開紅髯定何物驕子復雄才

遠拓東西極論功紀十全如何仲足地不到盡頭天寶

蓋縫花綱金函護葉箋當時圖職貢重檢帝堯篇

以蓮菊桃雜供一瓶作歌

南斗在北海西流春非我春秋非秋人言今日是新歲

百花爛漫堆案頭主人三載蠻夷長足徧五洲多異想
且將本領管群花一瓶海水同供養蓮花衣白菊花黃
夭桃側侍添紅粧雙花並頭一在手葉葉相對花相當
濃如栴檀和衆香燦如雲錦紛五色華如寶衣陳七市
美如瓊漿合天食如競笳鼓調箏琵蕃漢龜玆樂一律
如天雨花花滿身合仙佛魔同一室如招海客通商船
黃白黑種同一國一花驚喜初相見四千餘歲甫識面
一花自顧還自猜萬里絕域我能來一花退立如局縮
人太孤高我慙俗一花傲睨如居居了更嫵媚非粗疎
有時背面互猜忌非我族類心必異有時並肩相愛憐

得成眷屬都有緣有時低眉若飲泣偏是同根煎太急
有時仰首翻躊躇欲去非種誰能鋤有時俯水瞋不語
誰滋他族來逼處有時微笑臨春風來者不拒何不容
衆花照影影一樣曾無人相無我相傳語天下萬萬花
但是同種均一家古言猗儺花無知聽人位置無差池
我今安排花願否拈花笑索花點首花不能言我饒舌
花神汝莫生分別唐人本自善唐花或者併使蘭花梅
花一齊發飈輪來往如電過不日便可歸支那此瓶不
乾花不萎不必少見多怪如槖駝地球南北倘倒轉赤
道逼人寒暑變爾時五羊仙城化作海上山亦有四時

之花開滿縣即今種花術益工移枝接葉爭天功安知
蓮不變桃桃不變爲菊廻黃轉綠誰能窮化工造物先
造質控摶衆質亦多術安知奪胎換骨無金丹不使此
蓮此菊此桃萬億化身合爲一衆生後果本前因汝花
未必原花身動物植物輪廻作生死安知人不變花花
不變爲人六十四質亦么麼我身離合無不可質有時
壞神永存安知我不變花花不變爲我千秋萬歲魂有
知此花此我相追隨待到汝花將我供瓶時還顧對花
一讀今我詩
眼前

眼前男女催人老況是愁中與病中相對燈青恍如夢
未須頭白既成翁添巢燕子雙雛黑插帽花枝半面紅
不信旁人稱歲暮且忻生意煖融融

寓章園養痾

海色蒼茫夜氣微一痕涼月入柴扉獨行對影時言笑
排日量腰較瘦肥平地風波聽受慣頻年哀樂事心違
笠簷簑袂桄榔杖何日東坡遂北歸

番客篇

山雞愛舞鏡海燕貪棲梁衆鳥各自飛無處無鴛鴦今
日大富人新賦新婚行插門桃柳枝葉葉何相當垂紅

結綵毯緋緋數尺長上書大夫第照耀門楣光中庭壽

星相新筑供中央隱囊班絲細坐褥棋局方兩旁螺鈿

椅有如兩翼張丹楹綴錦聯掩映蠣粉牆某某再拜賀

其語多吉祥中懸剞風板動搖時低昂偏地紅藤簟潑

眼先生涼地隔襯蒐白水紋鋪流黃深深竹絲簾內藏

合歡床局腳福壽字點畫皆銀鑲蚊幬掛碧綃犀毘堆

紅箱旁室銅澡盆滿儲七香湯四壁垂流蘇碎鏡隨風

颺華燈千百枝偏繞曲曲廊庭下衆樂人西樂尤鏗鏘

高張梵字譜指揮抑復揚弇口銅洞簫蘆哨吹如簧此

乃故鄉音過耳音難忘蕃樂細腰鼓手拍聲鏜鏜喇叭

篢畢栗驟聽似無腔諸樂雜沓作引客來登堂白人挈
婦來手攜花盈筐鼻端撐眼鏡碧眼深汪汪裹頭波斯
胡貪飲如渴羌蚩蚩巫來由肉袒親牽羊餘皆閩粤人
到此均同鄉嘻嘻婦女笑入門道勝常蕃身與漢身均
學時世粧塗身百花露影過壁亦香洗面去丹粉露足
非白霜當胸黃亞姑作作騰光芒沓沓靸履聲偕來每
雙雙紅男並綠女个个明月璫單衫纏白疊尖履拖紅
帮垂垂赤靈符灩灩緋交璫一冠攢百寶論價難爲償
簇新好裝束爭來看新郎頭上珊瑚頂碎片將玉瓖背
後紅絲條交辮成文章新製紺綾袿衣補亦寶裝平頭

鵝頂靴學步工趨蹌今行親迎禮吉日復辰良前導青
羅繖後引絳節幢駕車四騮馬一色紫絲韁薄紗宮燈
樣白晝照路傍海笛和雲鑼八鑾鳴玱玱帕首立候人
白鷺遥相望到門爆竹聲群童喜欲狂兩三戴花媼捧
出新嫁娘舉手露約指如棗眞金剛一環五百萬兩環
千萬强腰懸同心鏡襯以紫荷囊盤金作緄帶旋繞九
廻腸上下籠統衫强分名衣裳平生不著韈今段破天
荒明珠編成屧千緋當絲纏車輪曳踵行蹩婢相扶將
丹書懸紅紙麒麟與鳳凰一雙龍紋燭華焰光煌煌第
一拜天地第二禮尊嫜後復交互拜于飛燕頡頏其他

學斂衽事事容儀莊拍手齊歡呼相送入洞房此時簫
鼓聲已聞歌鰷鱠點心嚼月餅飣座堆冰糖啖蔗過蔗
尾剖瓜餘瓜囊流連與波羅爭以果爲糧赤足絡繹來
大盤薦臚鄰穿花串魚鮓薄紙批牛肪今日良宴會使
我攢眉嘗食物十八品强半和椒薑引手各摶飯有秔
有黃粱蒲桃百瓶酒破碎用斗量呼么復喝六拇戰聲
琅琅頗黎小海甌舉白屢十觴既醉又飽腹出看戲舞
場影戲紛牽絲幻人巧尋橦藍衫調鮑老玉瞳輝文康
蹋鞠肩背飛迅若驚鳧翔白打唱廻波引杖相擊撞金
吾今弛禁賭錢亦無妨初投陞官圖意取富貴昌意錢

十數人相聚捉迷藏到手十貫索罔利各籌防名爲葉
子戲均爲錢神忙醉呼解酲酒渴取氷齒漿飲酪揀灌
項烹茶試頭綱吹烟出菸葉消食分檳榔舊藏淡芭菰
其味如詹唐傾壺挑鼻煙來自大西洋一燈阿芙蓉吹
氣何芬芳分光然石油次第輝銀釭入夜有火戲語客
留徜徉行坐紛聚散笑譚呼汝卬中一蒜髮叟就我深
淺商指問座上客脚色能具詳上頭衣白人漁海業打
槳大風吹南來布帆幸無恙初操牛頭船傍岸走近港
今有數十輪大海恣來往銀多恐飛去龍圜束萬鏹多
年甲必丹早推蠻夷長左邊黑色兒乃翁久開礦寶山

空手囘失得不足償忽然見斗錫眞乃無盡藏有如窮
秀才得意掛金榜沈沈積青曾未知若干丈百萬一紫
標多少聚錢銛曷鼻土色人此乃吾鄉黨南方宜草木
所種盡沃壤椰子樹千行丁香花四放荳蔻與胡椒歲
歲收豐穰一畝値十鍾往往過所望擔糞縱餘臭馬牛
用谷量利市得三倍何異承天貺右坐團團面實具富
者相初來錐也無此地甫草創海旁占一席露處闢榛
莽蜃氣嘘樓臺漸次鐽疊嶂黃金准土價今竟成閭巷
有如千戶侯列地稱霸王善知服食方百味作供養聞
有小妻三輪流搔背癢長頸獮猴面此物信巨駔自從

縛馬足到處設魚網夥頤典衣庫値十不一當一飲生

訟獄誰敢傾家釀搜索徧筐篋推敲到盆盎自煎嬰粟

膏載土從芒碭雞泊竊更鶩顛倒多奇想龍斷兼贋鼎

巧奪等刼掠積錢千百萬適足供送葬君看末座客揮

扇氣抗爽此人巧心計自負如葛亮千里封鮓羹絕域

通枸醬積著與均輸洞悉萬物狀錦繡離雲餌妙能揣

時尙長袖善新舞胡盧棄舊樣千帆復萬箱百貨來交

廣遂與西域賈逐利爭衰旺即今論家貲問富過中上

凡我化外人從來奉正朔披衣襟在胸剃髮辮垂索是

皆滿洲裝何曾變服著初生設湯餅及死備棺槨祀神

燭四照宴賓酒三酌凡百喪祭禮高曾傳矩矱風水講
龍砂卦卜用龜灼相法學麻衣推命本硌碌禮俗概從
同口述僅大畧千金中人產咸欲得封爵今年燕晉饑
捐輸頗踴躍溯從華海來大抵出閩駱當我鼻祖初無
異正丁鑿傳世五六葉畧如華覆蕚富貴歸故鄉比騎
揚州鶴豈不念家山無奈鄉人薄一聞番客歸探囊直
啓鑰西鄰方責言東市又相斮親戚恣欺凌鬼神助咀
嚼曾有和蘭客攜歸百囊橐眈眈虎視者伸手不能攫
誣以通番罪公然論首惡國初海禁嚴立意比驅鱷借
端累無辜此事實大錯事隔百餘年聞之尙駭愕誰肯

跨海歸走就烹人鑊言者袂掩面淚點已雨落滿堂雜
悲懽環聽咸唯諾到此氣慘傷笳鼓歇不作橐橐拍板
聲猶如痛呼謈道咸通商來雖有分明約流轉四方人
何曾一字著堂堂天朝語祇以供戲謔譬彼猶太人無
國足安託鼯鼠苦無能橐駝苦無角同族敢異心頗奈
國勢弱雖則有室家一家付飄泊蒼頡鳥獸迹竟似畏
海若一丁亦不識況復操筆削若論佉盧字此方實莊
嶽能通左行文千人僅一鶚此外回回經等諸古渾噩
不如無目人引手善捫摸西人習南音有譜比合樂孩
童亦能識識則誇學博識字亦安用蕃漢兩棄卻愚公

傳子孫癡絕誰能藥近來出洋衆更如水赴壑南洋數十島到處便插脚他人殖民地日見版圖廓華民三百萬反爲叢敺雀蛉螟不撫子犬羊且無鞹比聞歐澳美日將黃種虐向來寄生民注籍今各各周官說保富番地應設學誰能招島民冋來就城郭群攜妻子歸共唱太平樂

養痾雜詩

病瘧經年醫生勸以出游遂往檳榔嶼庥六甲北蠟等處假居華人山莊所見多奇景隨意成吟亦未錄草病起追憶之尚得數十首

萬山山頂樹參天樹杪遙飛百道泉誰信源頭最高處

我方跂腳枕書眠

月黑風高樹影沈鳥噤蟲息夜愔愔柴門似有誰搖撼

曉起縱橫虎跡深

樹密山重深復深穿雲渡水偶行吟欲尋歸路無牛矢

轉向無人迹處尋

高高山月一輪秋夜半椰陰滿畫樓分付馴猿攀摘去

渴茶渴酒正枯喉

鈎天一醉夢模糊喔喔雞鳴病漸蘇南斗起看翻在北

不知仍是註生無

老妻日據竈觚聽鄰有神符治病靈佛祖不如天使貴

勸余多誦可蘭經

波光淡白月黃昏何物漊娑石上蹲欲廢平生無鬼論

回頭卻是黑崑崙

處褌殘蝨埽除清繞鬢飛蚊不一鳴高枕胸中了無事

如何不睡又天明

桃花紅雜柳花飛水軟波柔碧四圍五尺短繩孤掉艇

小兒讙曳鰐魚歸

一溪春水漲瀰瀰閒曳煙簑理釣絲欲覓石頭無坐處

卻隨野鷺立多時

竹外斜陽半滅明捲簾欹枕看新晴雨塵飄漾香烟裊
中有蛛絲屋角橫
單衣白袷帳烏紗寒暖時時十度差冬亦非冬夏非夏
案頭常供四時花
頹牆殘月竹冥冥閃閃微燈三兩星絳帕白衣偏袒舞
時聞巷犬吠流螢
鐙紅月白可憐宵羯鼓如雷記里遙異種名花新合樂
知誰金屋別藏嬌中西流娼所生女以父母異種故皆色白髮黑非常美秀富商多納爲姬妾別營屋居之夜半月高絃索齊鳴而擊鼓唱歌均沿用巫來由舊習往往聲聞數里
千形萬態樹扶疏欲喚無名口又茹重譯補箋新草木

馬留名字蟹行書

一聲長嘯海天空聲浪沈沈入海中又挾餘聲上天去

天邊嘐唳一歸鴻

蕩蕩靑天一紙鋪團團紅日半輪孤波搖海綠雲翻墨

誰寫須臾萬變圖

人境廬詩草卷七終

弟遵庚初校
梁啓超覆校

人境廬詩草卷八

嘉應黃遵憲公度

悲平壤

黑雲萆山山突兀，俯瞰一城礮齊發，火光所到雷硠磕。
肉雨騰飛飛血紅，翠翎鶴頂城頭墮，一將倉皇馬革裹。
天跳地踔哭聲悲，南城早已懸降旗，三十六計莫如走。
人馬奔騰相踐蹂，驅之驅之速出城，尾追翻聞餓鴟聲。
大東喜舞小東怨，每每倒戈飛暗箭，長矛短劍磨銕鎗。
不堪狼藉委道旁，一夕狂馳三百里，敵軍便渡鴨綠水。
一將囚拘一將誅，萬五千人作降奴。

東溝行

濛濛北來黑烟起將臺傳令敵來矣神龍分行尾銜尾

倭來倭來漸趨前綿綿翼翼一字連倏忽旋轉成渾圓

我軍瞭敵遽飛礮一彈轟雷百人埽一彈星流藥不爆

敵軍四圍來環攻使船使馬旋如風萬彈如錐爭鑿空

地爐煮海海波湧海鳥絕飛伏蛟恐人聲鼓聲噤不動

漫漫昏黑飛刼灰兩軍各挾攻船雷模糊不辨莫敢來

此船桅折彼釜破萬億金錢紛雨墮入水化水火化火

火光激水水能飛紅日西斜無還時兩軍各唱鐃歌歸

從此華船匿不出人言船堅不如疾有器無人終委敵

哀旅順

海水一泓烟九點壯哉此地實天險礮臺屹立如虎闞
紅衣大將威望儼下有深池列鉅艦晴天雷轟夜電閃
最高峰頭縱遠覽龍旗百丈迎風颭長城萬里此爲塹
鯨鵬相摩圖一噉昂頭側睨視眈眈伸手欲攫終不敢
謂海可填山易撼萬鬼聚謀無此膽一朝瓦解成刼灰
聞道敵軍蹈背來

哭威海

臺南北若唇齒口東西若首尾劉公島中間峙嗟鋏圍
薄福龍龍偃屈盤之中海與陸不相容敵未來路已窮

敵之來又夾攻敵大來先拊背榮城擢齊師潰南門開
犬不吠金作臺須臾廢萬鈞礮棄則那礮擊船我奈何
船資敵力猶可礮資敵我殺我危乎危北山嘴距南臺
不尺咫十里牆薄如紙李公睡戴公死寇深矣事急矣
麾海軍急上臺雷轟轟化爲灰山號跳海驚猜擊者誰
我實來南復北臺烏有船孑孑東西口天大雪雷忽發
船蔽裂龍見血鬼夜哭船又覆地日蹙龍局縮壞者撞
傷者鬥破者沈逃者走噫吁嚱海陸軍人力合我力分
如蠖屈不得申如鬥雞不能羣毛中蟲自戕身絲不治
絲愈棼火不戢火自焚遁無地謀無人天蓋高天不聞

四援絕莫能救即能救誰死守礮未毀人之咎船幸存
付誰某十重甲顏何厚海漫漫風浩浩龍之旗望杳杳
大小李愁絕倒巋然存劉公島

偕葉損軒大莊夜談

頻歲華胥睡味酣又扶殘醉到江南更無舊雨誰堪語
欲訪名山奈未諳花尚含苞春過半月剛留影夜初三
丁當簷鐵君休問抽得閒身且絜譚

乙未二月二十七日公祭沈文肅公祠

管絃合沓鐘鼓喧左鑪右鼎騰香煙翩然被髮乘雲下
知公未遂神龍蟠憑闌東望大江去旁通閩海百由延

增城赤嵌矗孤島下有膏沃千良田柘漿茶荈作銀氣
紅塵四合城郭闐生番攫人食人肉側有餓虎貪垂涎
當時倭奴軼我界公統王師居中權大官婞嬰主和議
公啞謂不値一錢側聞近者議輸幣乃竭水衡傾銅山
南門管鑰東流柱搖搖竟如風旗懸流求兩屬忽改縣
擧族北轅王東遷公言尺寸不許讓興滅繼絕兼保藩
氈裘大長議分島公倘搖手謂不然豈期舐糠遂及米
神州亦竟汚腥羶巍峩鉅艦古未有鑿破混沌成方圓
考工作記智述物雲房石棧相鉤連後來漢幟成一隊
椎輪篳路推公先病中呢喃造鐵甲欲聚衆鐵城三邊

東溝一戰礮雷震轟轟洞擊七札穿人船兵甲各糜化

蟲沙萬數魚鼈千威海劉島據堅要漆城孰上池難塡

蝝息蜷伏不敢出如引鐵鎖封喉咽天驕橫肆地險失

坐令蚍蟻咸無援曹蜍李志奄奄氣仰求敵國垂哀憐

言爲衆生乞生命手書降表黃龍箋恐公聞此氣山湧

妄語詭公船猶全就中鄧林二死士躬蹈烈火沈重淵

願公遣使攜葆羽垂手接引援上天金戈鐵馬英靈在

倘藉神力旋坤乾吁嗟公去十六載今日何月時何年

捧觴再拜席未散又聞奔命囊書傳是日聞澎湖之警

爲同年吳德潚壽其母夫人

羅太恭人渠縣人歸澂江知府吳公筠丞道光己丑進士

鬱鬱龍象山松栢森蒼蒼中有丹山鳥哀鳴復迴翔樹

下即方池池旁多鴛鴦封缸有美酒羅列東西廂新婦

厨下來徐徐捧羹湯長孫華簪冠幼孫明月璫再拜拜

壽母願母擧一觴呼濾汝來前未言淚盈眶瞿瞿心目

中曷嘗須臾忘汝父初聞喪星奔去澂江露宿衣雞斯

雨泣鈴郎當沈沈永甯城凄風搖陰房切脈霧亂絲背

面欵空牀病名我不知何由知醫方迴頭看我面眼語

諸兒郎復指白衣冠當作收斂裝汝時口啖餅學哭嬉

柩旁爲汝換錦袍隨兒爇爐香朝發瀘州頭丹旐魂飛

揚暮宿巴江尾白雞鳴悽愴体夫詈重棺騎奴嘲空囊
家有垂白母猶待兒治喪遙遙二千里如何到家鄉明
年汝兄歸捧棺交汝兄逝者遂已矣存者稱未亡我今
七十三忽忽四十霜食梅難得甜啖蔗難得漿何圖見
孫曾驩笑同此堂瀟也奉母言手書告其朋同年黃遵
憲曾歷各海邦西俗重婦女安居如天堂一簪値十萬
一衣百萬强登樓客持裾試馬夫引繮夢中不識役矧
乃身手當雖則同女身苦樂何參商吁嗟三代後女學
將毋忘執業只箕帚論功惟酒漿所託或寒微持身備
嬪嬙拳拳事女君縮縮足循牆人權絀已甚世情習爲

常周婆欲制禮胡兒惟有孃將此語人人人疑荒唐
人生於父母猶戴日月光同是鞠育恩誰能忍分張當
時黔蜀交塞道嗥豺狼驅兒就兒學虎口兒勿驚黃巾
動地來捉人鎖琅璫棄家匿深山視盎無宿糧蜀薑與
蜀錦殷勤遠寄將口書勉兒學兒學毋怠荒山中多黃
蘗甘苦母自嘗母苦兒則知不知母何望潚今富學行
非母曷有成斯實備父德豈徒慰姑嫜作婦甘卑屈爲
親宜顯揚顯揚萬分一恩義終難詳盤龍恭人誥雕螭
節孝坊悠悠鹿鳴詩並坐歌笙簧歌我述德篇彤管何
芬芳持謝有母人念茲永勿忘

馬關紀事

既遣和戎使翻貽驕倨書改書追玉璽絕使復軺車唇

齒相關誼干戈百戰餘所期捐細故盟好復如初

卌載安危繫中興郭子儀屈迎㕉鶻馬羞引漢龍旗正

勞司賓館翻驚力士椎存亡家國淚淒絕病牀時

括地難償債臺高到極天行籌無萬數納幣一千年遼金

歲幣銀二十萬兩以今計之合一千年乃有此數 恃衆忘蠭蠆驚人看雀鷸傷心償

博進十擲輒成鞬

竟賣盧龍塞非徒棄一州趙方謀六縣楚已會諸侯地

引相牙犬鄰還已奪牛瓜分倘乘敝更益後來憂

蕞爾句驪國群知國必亡本圖防北狄遷怒及西皇患
轉深蟬雀威終讓虎狼（朝鮮自主後日本公使三浦某合黨謀亂擾及王宮王避居於俄羅斯使館半
年）弟兄同禦侮莫更禍蕭牆

晚渡江

擾擾悲生事孤篷自往還霞紅眉欲笑山綠鬢遙刪魚
底星辰睡鷗邊天地閒號咷磯外水莫更向人間

降將軍歌

衝圍一舸來如飛衆軍屬目停鼓鼙船頭立者持降旗
都護遣我來致詞我軍力竭勢不支零丁絕島危乎危
黿鼉小豎何能爲島中殘卒皆瘡痍其餘鬼妻兵家兒

中一丁字懸高桅迴視龍旗無子遺海波索索悲風悲
已降復死死為誰可憐將軍歸骨時白幡飄揚丹旐垂
前者闔棺後輿尸一將兩翼三參隨兩軍雨泣咸驚疑
燐青月黑陰風吹鬼伯催促不得遲濃熏芙蓉傾深卮
中將許諾信不欺詰朝便為受降期兩軍雷動懽聲馳
今日悉索供指麾乃為生命求恩慈指天為正天鑒之
本願兩軍爭雄雌化為沙蟲為肉糜與船存亡死不辭
有艦百艘鎗千枝亦有彈藥如山齊全軍旗鼓我所司
我今死戰彼安歸此島如城海如池橫排各艦珠纍纍
鍋底無飯杝無衣紇干凍雀寒復饑六千人命懸如絲

悲復悲噫噫噫

五月十三夜江行望月

灑淚塡東海而今月一圓江流仍此水世界竟今年橫

折山河影誰攀閶闔天增城高赤嵌應照血痕殷

臺灣行

城頭逢逢雷大鼓蒼天蒼天淚如雨倭人竟割臺灣去

當初版圖入天府天威遠及日出處我高我曾我祖父

艾殺蓬蒿來此土糖霜茗雪千億樹歲課金錢無萬數

天胡棄我天何怒取我脂膏供仇虜眈眈無厭彼碩鼠

民則何辜罹此苦亡秦者誰三戶楚何況閩粤百萬戶

成敗利鈍非所覩人人效死誓死拒萬衆一心誰敢侮
一聲拔劍起擊柱今日之事無他語有不從者手及汝
堂堂藍旗立黃虎傾城擁觀空巷舞黃金斗大印繫組
直將總統呼巡撫今日之政民爲主臺南臺北固吾圉
不許雷池越一步海城五月風怒號飛來金翅三百艘
追逐巨艦來如潮前者上岸雄虎彪後者奪關飛猿猱
村田之銃備前刀當輙披靡血杵漂神焦鬼爛城門燒
誰與戰守誰能逃一輪紅日當空高千家白旗隨風飄
搢紳耆老相招邀夾跪道旁俯折腰紅纓竹冠盤錦條
青絲辮髮垂雲髾跪捧銀盤茶與糕綠沈之瓜紫蒲桃

將軍遠來無乃勞降民敬爲將軍導將軍曰來呼汝曹
汝我黃種原同胞延平郡王人中豪實闢此土來分茅
今日還我天所敎國家仁聖如唐堯撫汝育汝殊黎苗
安汝家室毋譊譊將軍徐行塵不囂萬馬入城風蕭蕭
嗚乎將軍非天驕王師威德無不包我輩生死將軍操
敢不歸依明聖朝噫嚱吁悲乎哉汝全臺昨何忠勇今
何怯萬事反覆隨轉睫平時戰守無豫備曰忠曰義何
所恃

度遼將軍歌

聞雞夜半投袂起檄告東人我來矣此行領取萬戶侯

豈謂區區不余畀將軍慷慨來度遼揮鞭躍馬誇人豪

平時蒐集得漢印今作將印懸在腰將軍鄉者曾乘傳

高下句驪蹤跡遍銅柱銘功白馬盟鄰國傳聞猶膽顫

自從弭節駐雞林所部精兵皆百鍊人言骨相應封侯

恨不遇時逢一戰雄關巍峨高插天雪花如掌春風顛

歲朝大會召諸將銅爐銀燭圍紅氈酒酣舉白再行酒

拔刀親割生彘肩自言平生習鎗法鍊目鍊臂十五年

目光紫電閃不動袒臂示客如銕堅淮河將帥巾幗耳

蕭娘呂姥殊可憐看余上馬快殺賊左盤右辟誰當前

鴨綠之江碧蹄館坐令萬里銷烽煙坐中黃曾大手筆

爲我勒碑銘燕然么麽鼠子乃敢爾是何雞狗何蟲豸

會逢天幸遽貪功它它籍籍來赴死能降免死跪此牌

敢抗顏行聊一試待彼三戰三北餘試我七縱七擒計

兩軍相接戰甫交紛紛鳥散空營逃棄冠脫劍無人惜

只幸腰間印未失將軍終是察吏才湘中一官復歸來

八千子弟半摧折白衣迎拜悲風哀幕僚步卒皆雲散

將軍歸來猶善飯平章古玉圖鼎鐘搜篋價猶值千萬

聞道銅山東向傾願以區區當芹獻藉充歲幣少補償

毀家報國臣所願燕雲北望憂憤多時出漢印三摩抄

忽憶遼東浪死歌印兮印兮奈爾何

閏月飲集鍾山送文芸閣學士廷式假歸兼懷陳伯嚴

吏部三立

紅霞照我杯江山如此故雄哉馬蹄蹴踏西江水

相約扶桑濯足來

用寫經齋體送葉損軒之申江

幾日蕭疏雨滴簷送君一舫水新添閏餘桐葉閒來數

去後桃花笑復拈索和詩箋停玉版判依文稿閣牙籤

夫餘立國今何似爲我探詢海外髯

立秋日訪易實甫順鼎遂偕遊秦淮和實甫作

袖裏魂南一束詩茫茫相對兩情癡看揚玉海塵千斛

喜賸青溪觴一枝鶉首賜人天亦醉龍泉伴我世誰知

死亡無日難相見况又相逢便說離

又和實甫

九州莽莽匆匆走兩鬢蕭蕭漸漸枯欲訪蓬萊難附鶴

暫攀楊柳可藏烏筆留白石飛仙語袖有青溪小妹圖

猶是人間乾淨土莫將樂國當窮途

元武湖歌和龍松岑繼棟

大江滾滾流日夜降旛屢豎石頭下別有蒼茫一片湖

山勢周遭潮不打湖光十里擎風荷游人競說安樂窩

船頭簫管驢背酒吳娘楚客時經過城南暑鬱蒸如甕

汗雨橫流溼衣縫笳鼓欣停戰伐聲蓬船合作淸涼夢一客新自天邊來唐春卿侍郎一客臥起叢書堆龍松岑戶部承平公子文章伯同坐有沈藹蒼王雪澄兩觀察何詩孫太守酒龍詩虎爭崔嵬天風浩浩三萬里吹我犯斗星槎迴河山不異風景好今者不樂何爲哉江城明媚雨新霽菱葉蓮蓬送香氣井闌莫問燕支山鐘聲尙認雞鳴埭閒閒十畝逍遙游莽莽六朝興廢事珠樓綺閣未渠央靑蓋黃龍奈何帝盛衰漫唱百年歌哀樂且圖今日醉酒波光溢金叵羅銀鱸錦鴨甘芳多强顏作歡攢眉飲茫茫對此如愁何夕陽映郭空波明柳絲漾綠蘆芽靑平生舊游在吾眼仿

佛上野湖心亭（上野西湖爲日本東京游讌佳處）美酒肥牛酣大嚼頭冠

腰箭恣歡謔遙想將軍渡海歸相從凱唱從軍樂

九月初三夜招袁重黎柯巽庵梁節庵王晉卿諸君小

飲和節庵韻

娟娟風波又此秋青溪幾曲映清流疏篷剪燭人重話

短鬢簪花老漸羞杯影驚心傾海水角聲催晚逼城樓

蒹葭別有悽悽恨不向中央怨阻修

上海喜晤陳伯嚴

颯颯秋風夜氣深照人寒月肯來臨磯頭黃鵠重相見

海底鰻魚未易尋（伯嚴到滬訪我三日不值）大地山河悲缺影中年絲

竹動歡心橫流何處安身好從子商量抱膝吟

題黃佐廷贈尉遺像

佐廷名季良番禺人光緒十年七月初三日在閩江揚武船中殉難　詔以雲騎尉承襲方敵船圍困馬江佐廷自以照像寄其父道平自言能爲忠臣即是孝子卒踐其言年僅二十五耳

潑海旌旗爇血紅防秋諸將盡籠東黃衫淺色靴刀備年少翻能作鬼雄

不如烏烏陳情表生屬猴年寄母書讀到季良男百拜淚痕點點照衣裾

不將褒鄂畫淩煙颯爽英姿尚凛然一語銜君冠上髮

有人降表寫龍箋

贈梁任父同年

列國縱横六七帝斯文興廢五千年黄人捧日撑空起

要放光明照大千

佉盧左字力横馳臺閣官書帖括詩守此毛錐三寸管

絲柔綿薄諒難支

白馬東來更達摩青牛西去越流沙君看浮海乘槎語

倘有同文到一家

寸寸山河寸寸金侃離分裂力誰任杜鵑再拜憂天淚

精衛無窮塡海心

又天可汗又天朝四表光輝頌帝堯今古方圓等顱趾

如何下首讓天驕

靑者皇穹黑刼灰上憂天墜下山隤三千六百釣鼇客

先看任公出手來

寄女

團團雞子黃灧灧花豬肉雙雞日饋洎毋許竊更鶩飯

蒸秔稻香酒潑蒲萄綠庖丁日解牛碎切煮爛熟吹沫

成白波碾塵積紅麴罨以自然鼎濃過留香粥我日啜

此汁十載未饜足勿告而翁知知之恐眉蹙牛旁侍閣

羅黃金獼四目云欲取屠人橫叉入地獄佛自愛衆生

我且飽天祿嗟余患瘧後負風幾欲伏計臂小半分量

腰賸一束兩頰旋深渦而今漸平復須白一二莖雙鬢

尙垂綠朝朝輭飽後行行捫余腹寄汝近時影祝我他

時福

江南三四月夾道花爭妍誰家女如雲各各扶婢肩碧

羅湖水媚茜紗秋雲娟就中最驕諂繡羅雙行纏一裾

覆百金一襪看千錢婷婷復嫋嫋纖步殊可憐笑謂蠻

方人半是赤足仙新樣尖頭鞋略仿浮海船上繡千鴛

鴦下刺十丈蓮指船大如許伸腳笑欲顚汝輩聞此語

當引扇障顏父母誰不慈忍將人雕鐫幸未一缸淚買

此雙拘攣邅聞西方人設會同禁煙意欲保天足未忍

傷人權吁嗟復吁嗟作俑今千年

寶塔高十層巍峨天主堂蹇人欲上天引手能扶將指

揮十字架閃閃碧眼光土人手執箠驅之如虎狼蘇州

大都會新闢通商場蜃氣嘘作樓馬鬣化爲牆行有女

歐絲條條出空桑載我金錢去百帆復千箱我奉大府

檄奔走吳之江一月三往來往來趁夜航彼酋領事官

時時從商量喜則軒眉笑怒或虬髯張豈免鬥脣舌時

復攄肝腸世人別顏色或白亦或黃黑奴汝所知汝曾

至南荒昔有女王國曾封親魏王文身易斷髮鱗介被

冠裳自我竪降旛亦附强國强汝弟捧地球手指海中

央區區黑子大胡爲戰則赢汝母口誦經佛國今何方

如何伏魔者怒目無金剛聰明汝勝母書付汝參詳愼

勿給人看看則疑荒唐

感懷呈樵野尙書丈即用話別圖靈字韻

海南巨鱷頑不靈非人非鬼絕覯聆詘彊彌隙百無策

罔兩鑄鼎誰能銘方今五洲猶戶庭雲帆飈艦來不停

海波漫漫檠不掩天闕蕩蕩門無扃突然太行扼井陘

欲上無梯馳無軨守門狺狺黑犬吠傳書杳杳飛鸞青

背盟絕客出何經更索鉅島屯飛舲蛙蛤相呼祇取鬧
蛟螭攫人先染腥我生遇合如逕廷累百感心萬勞形
西踰萬里大漠絕東居三年濛雨零於今忽作閉口瓶
焚香依佛晝鎖廳平生蹤跡默自數將南忽北飄浮萍
故鄉梅花今已馨在山泉水催我聽歸攜片石問君平
客槎奈犯牽牛星

放歌用前韻

歸來歸來兮窮鬼舍我揶揄鬼不靈我目無覩耳無聆
迷陽迷陽傷我足豈能絕漠渡磧遠勒燕然銘平生履
海如戶庭風輪逐地馳不停忽然鳳皇受詒鴆告絕百

靈閉門門晝扃行趨太行越井陘莫緤馬兮朝展軨攀雲觀日俯視衆山小復走江南江北飽看青山青不然痛飲讀騷經望衡九面浮湘舲秋風嫋嫋一葉渡江去金焦山下下探水窟蛟龍腥噫吁乎窮邊甌脫多王廷尙有五嶽留眞形我鄉我土大有好山水猶能令我顏丹鬢綠不復齒髮嗟凋零肩囊腰劍手鉢瓶歸來歸來兮左樓右閣中有旋馬廳二松五柳四圍雜桃李坐看風中飛絮波中萍寒梅著花幽蘭馨小山招隱君其聽歸來歸來兮菜香飯熟茶餘睡覺獨自語京華北望戀戀北斗星

題樵野丈運甓齋話別圖

光緒丙戌尚書奉使美國道出廣州倪豹岑中丞爲作此圖

四海復四海九州更九州既踰海西極尚非天盡頭今之壘利堅佛說牛賀洲通商五十載聚衆千百儔金椎南北道鐵耜東西疇世族庚氏庚專門輪人輈吉莫製革履蒙戎縫旃裘下至洒削技亦挾瓦墁售人人齎金歸金山高甌窶初闢合衆國布告東諸侯紅黃黑白種萬族咸幷收無端畫禹迹不使隙地留爭食鬨雞蟲別味殊薰蕕橫下逐客令相率合力勠丸泥封函關劃道分鴻溝欲使越地舟同歌埜國篌公時秉英蕩禦侮持

干振逆阪善轉丸密室工藏强謂有百金產當免南冠囚按約往美之華工應往來自便美人謂詭託者多亦欲限禁凡犯禁者概加以囚縶公與外部議華工在美苟有千金產者即不許禁已諾行而華工不解此意轉以閧爭廢約鑿山通鐵叢築臺高環榴拔幟已歸漢右袒翻爲劉議此約時上下議員頗有袒護華工者豈圖五丁力竟招衆楚咻華言造蜚語越調騰怨謳我時居京都逢人說因由恨不後車從參預前箸籌乙酉九月遞憲歸自美國明年春公由豹岑中丞馳檄召至廣州命仍充金山總領事憲以限禁華工之例禍爭未已慮不勝任力辭而爭約出於華民亦非意計所及也逮公唱刀環我復隨軒輶契濶六七載烟波杳悠悠忽然地軸翻東海嗟橫流黃塵滾滾來蔽天森戈矛遝東十萬家血染紅髑髏何物掉尾鯨公然與龍仇中有枳首蛇飛飛從鶻

鷙盲雲雜怪雨波寒風颼颼魴鰈戒出入蛟螭互蟠螺
公復探虎穴徑驅車前騶絲轡闇無華雲旌慘垂旒謂
我識塗馬召我來咨諏檄我千里船指我百尺樓戰旗
捲風急臘鼓催年遒竦立誦璽書未語鯁在喉　皇帝
問東皇兩國非寇讎元元一家子所願兵革休側聞哀
痛詔淚珠熒雙眸何期尺一書按劍明珠投和戎盟已
定鬪港事方稠我捧大府檄尋約毋效尤夜郎挾天驕
自比黑面猴鴞音不革響馬逸難維婁定議法六條未
審然與不喜公告典屬語妙言無郵公亦定載書氣奪
藩之酋頗如雲從龍上下相應求平生躡公後學步隨

沈浮（公使美日秘三國使日本國憲初官日本參贊繼任美國總領事）超擢出驂乘（公由皖南道奉旨召見）授三品卿充總理各國事務大臣憲亦由候補道奉使德國誤犯凌斗牛（公使日本不納憲亦因德使誤聽致生違）言凡公所親歷我亦窮追搜古稱絕域使例比譚天鄒獻環詡蓋地折箠誇防秋王會徵職貢使父親懷柔今日渡西海受節先包羞紫鳳短褐倒黃龍清酒酬與公共此役積歲叢百憂艱難比天險嗟怨惟鬼謀一燈話疇昔累夕言咿嚘憲也初識公同客齊之罘哦詩商舊學漉酒酣新芻抵掌當世務時時摩蒯緱爾時會秦趙重獄窮共兜（時以滇南苗人殺馬嘉利事合肥傳相與威妥瑪會議於此、）吁嗟海大魚已如魚中鉤尚能跋巨浪展翼摩天游指東覆蟠木圖南包小球環顧四海波依然完金甌即當繪圖時今亦一星周二老話昇平一室何清幽入門竹數竿翠覆雲油油登盤獻橙橘繞屋圍松楸茫茫大瀛海寸地纔一漚門前水只尺便通浮海舟海水綠搖天中函今古愁公

自翔丹鳳我行從白鷗再閲二十年重對話綢繆

和沈子培同年曾植

蕩蕩門開翼不飛九天爲正有天知鴆媒絕我言何巧猿臂封侯數本踦縹緲三山信徐市橫縱六里聽張儀

雲中指點冋車路且任東風馬耳吹

游仙詞仍用沈乙庵韻

玉宇揚塵海盡飛丁盜無遺世人知誤移紫鳳圖難補

欲探青鸞足又踦惡水叠經鬼羅刹散仙猶詡漢官儀

思歸送遠天風曲遙聽紅牆玉笛吹

元朱碧山銀槎歌

王阮亭居易錄槎杯元銀工朱碧山製吏部侍郞孫北海家

物苑西集又云宋荔裳觀察所藏後歸於余馮海宴金石索

言近藏曾賓谷家杯左鐫朱華玉造右至正壬寅圖書碧山

二字皆小篆也或仿其製出以讌客爲作此歌

華燈照夜張銅荷酒池瀲瀲吹白波主人醉客出奇器

錯落絕勝銀頗羅玉芒鋒殺巧削楮珊枝盤屈紛交柯

中虛龍腹深兀兀下銳鳳尾飛莎莎滑稽滿注妙能轉
渾脫安穩平不頗拍浮凌波舞白鳥蜿蜒帳翅旋丹螺
槎頭有人五銖服挾書傲睨顏微酡蓬萊三山在臺琖
靴尖一趯時來過逢原記李適之酒器有蓬萊琖上有三山象三島下鐫至正壬寅
字朱華手艁無差訛吁嗟大元起漠北滅國五十揮天
戈大瓶异酒四白象行幕鳴鼓千明駝珠盤玉甕鴉鶻
石萬邦琛賮來求和使星任指東西極亦飲白鵠擊金
鵝承平日久文物盛巧工亦復高巍峨一杯流傳六百
載急觴飲我憂益多天乎平戶覆舟後寇來又見東海
倭玉塵百斛輸不盡黃龍十艦棄則那繡衣使者雖四

出強顏媚敵還遭訶即今廻槎令逐客竟隔上闌遮銀
河（居易錄杯有篆二十八字云欲度銀河隔上闌時人浪說貫銀潢如何不覓天孫錦只帶支機片石還）追思虞揭
作高會（苑西集元時虞揭二公各令碧山製槎爲壽）朝回花底恒鳴珂清談定窮
星宿海歡飲應賦天馬歌海鷗盜去杯羽化尙竊形似
工研磨坐觀桑田幾興廢如撫銅狄三摩抄肆工述物
亦苦籤朝官退食無委蛇攢眉對飲長太息銀槎銀槎
奈爾何

爲何翽高兵部藻翔題象山圖

裨瀛大海四圍環半在虛無縹緲間天戴堯時州禹迹
分明認取自家山

叩門海客偶譚瀛發篋陰符或論兵糜盡蟲沙臏猿鶴

拭乾殘淚說閒情

說教祆神方造塔訛言王母又行籌年來洗耳胸無事

一味貪眠看水鷗

十七史從何處說茫茫六合賦何愚騎驢倒看雲烟過

只好商量入畫圖

酬曾重伯編修

詩筆韓黃萬丈光湘鄉相國故堂堂誰知東魯傳家學

竟異南豐一瓣香上接孟荀騶論縱旁通騷賦楚歌狂

澧蘭沅芷無窮竟況復哀時重自傷

廢君一月官書力讀我連篇新派詩風雅不亡由善作

光豐之後益矜奇文章巨蟹橫行日世變群龍見首時

手擷芙蓉策虯駟出門惘惘更尋誰

上黃鶴樓

磯頭黃鵠日東流又此闌干又此秋（乙未五月客鄂方與客登樓忽聞臺灣潰棄之報遂與盡而返）軒睡他人同臥榻婆娑老子自登樓能言鸚鵡

悲名士折翼天鵬慨督州灑盡新亭楚囚淚煙波風景

總生愁

上岳陽樓

巍峨雄關據上游重湖八百望中收當心忽壓秦頭日

（近見西人勢力範圍圖竟將長江上下游及浙江湖南指入英吉利屬內矣）畫地難分禹迹州從古荊蠻原小醜即今砥柱孰中流紅髯碧眼知何意挈鏡來登最上頭（是日有西人登樓者）

長沙弔賈誼宅

寒林日薄井波平人去猶聞太息聲楚廟欲呼天再問湘流空弔水無情儒生首出通時務年少群驚壓老成百世爲君猶灑淚奇才何況並時生

書憤

一自珠崖棄（膠州）紛紛各效尤（旅順大連灣威海衛廣南灣）瓜分惟客聽薪盡向予求秦楚縱橫日幽燕十六州未聞南北海處

處扼咽喉

豈欲親豺虎聯交約近攻如何盟白馬無故賣盧龍（光緒二十二年使俄密約已以膠州許之）一着棋全敗連環結不窮（德取膠州俄人不問論者已知意在旅順矣）四鄰牆有耳言早洩諸戎

擾擾無窮事吁嗟景教行乍聞祆廟火已見德車旌過

重牽牛罰橫挑嚙犬爭挾強圖一逞莫問出師名（殺二敎士）（遂失膠州）

古有羈縻地今稱隃領州竟聞秦失鹿轉使魯無鳩（各國勢力範圍圖獨中國無分）地動山移恐天懸日墜憂君看黑奴國到此

屬何州

弱肉供强食人人虎口危無邊畫甌脫有地盡華離爭

問三分鼎横張十字旗波蘭與天竺後患更誰知

支離

舉鼎臏先絕支離笑此身窮塗竟何世餘事且詩人技

悔屠龍拙時驚嘆蜡新剖胸傾熱血恐化大千塵

人境廬詩草卷八終

弟遵庚初校
梁啓超覆校

人境廬詩草卷九

嘉應黃遵憲公度

紀事

貫索星連熠熠光穹廬天蓋暮蒼蒼秋風鼓吹妃呼豨

夜雨鈴聲𠡠禿當十七史從何處說百年債看後來償

森森畫戟重闌柝坐覺今宵漏較長

放歸

絳帊焚香讀道書屢煩促報訊何如佛前影怖棲枝鴿

海外波驚涸轍魚上海道蔡鈞遽以兵二百名圍守捧鎗鵠立若臨大敵寓滬西人懼余蹈不測議聚衆刦余他徙而日本

駐京公使亦請於總署余慮其重滋余罪也轉爲之慄懼此

地可能容複壁 廿五夜得總署報云查康未匿黃處 上意

業已釋然已有 旨放歸云 無人肯就問篌輿玉關楊柳

遼河月卻載春風到舊廬

九月朔日啓程由上海歸舟中作

月黑霜凝點客衣寥天雁影乍南飛一池水問干何事

萬里風勞遠送歸測鏡回看星貫索解裝待問石支機

旁人莫誤三能望遙指銀潢望紫微

到家

處處風波到日遲病身憔悴尚能支少眠易醒藏蕉夢

多難仍逢翦韭時大海走鰻尋有迹老翁失馬卜難知

援琴欲鼓拘幽操月在中天天四垂

感事

授受元辰紀上儀帝堯訓政典留貽誰知高后垂簾事

又見成王負扆時九鼎齊鳴驚雉雊千金懸格購龍醫

白頭父老紛傳說上溯乾嘉淚欲垂

上變飛騰赤白囊兩端首鼠疾奔忙剛聞赤板連名奏

便召長槍第六郎馳騎鎖門謀大索屯橋阻水伺非常

珠襦武帳諸臣侍亟詔明晨幸未央

推車弄頂看文康變態眞如傀儡場五百控弦謀刼制

一丸進藥失先嘗傳書信口訶西母改制稱尊託素王
九死一生仍脫走頭顱聲價重天亡
金甌親卜比公卿領取氷銜十日榮東市朝衣眞不測
南山銕案竟無名芝焚蕙嘆嗟僚友李代桃僵泣弟兄
聞道詬天兼駡賊好頭誰斫未分明
父子相從泣獄扉老翁七十荷征衣一家草索看生縛
三寸桐棺待死歸鑿空虛槎疑漢使涉江奇服怨湘妃
可憐時俊才無幾瓜蔓抄來摘更稀
下詔曾宣母子離初聞逐諫後笞兒心肝誰奉藏衣詔
骨肉難徵對簿詞一網打餘高鳥盡九泉曲處蟄龍知

恩牛怨李原與無莫誤忠奸讀黨碑

師未多魚遂漏言如何此事竟推袁栢人誰白孱王罪

改子終傷慈母恩金玦厖凉含隱痛杯弓蛇影負奇寃

五洲變法都流血先累維新案盡翻

太白星芒月色寒五雲縹緲望長安忍言赤縣神州禍

更覺黄人捧日難壓己眞憂天夢夢窮塗並哭海漫漫

是非新舊紛無定君看寒蟬噤衆官

人境廬之隣有屋數間余購取其地葺而新之有樓歸

然獨立無壁南武山人爲書一聯曰陸沈欲借舟權

住天問翻無壁受呵因足成之

半世浮槎夢裏過歸來隨地覔行窩陸沈欲借舟權住

天問翻無壁受呵偶引雛孫問初月且容時輩量汪波

灣灣幾曲青溪水可有人尋到釣簑

寒夜獨坐臥虹榭

今時何時我非我中夜起坐心旁皇風聲水聲烏烏武

日出月出團團黃層陰壓屋天四蓋寒雲入戶山兩當

回頭下視九州窄高飛黃鵠今何方

小飲息亭醉後作

斜日江波聽鷓鴣鷓鴣啼處是吾廬酒酣仍作思鄉夢

徑仄難爲益地圖偶約故人同茗芋居然丈室坐蓮鬚

朝朝捧牘應官去忽憶吳江老釣徒

仰天

仰天擊缶唱烏烏拍徧闌干碎唾壺病久忍摩新髀肉刼餘驚撫好頭顱篋藏名士株連籍壁掛羣雄豆剖圖敢託鴆媒從鳳駕自排閶闔撥雲呼

雁

汝亦驚弦者來歸過我廬可能滄海外代寄故人書四面猶張網孤飛未定居匆匆還不暇他莫問何如

酬劉子巖同年瑛

鐵漢樓高天四垂嶺雲愁護黨人碑看花每濺啼鵑淚

繞樹難安飛鳥枝何地可名淸淨土思君忽到太平時

一家樂壽兼文福呼聿吟書買寫詩

己亥雜詩

我是東西南北人平生自號風波民百年過半洲游四

留得家園五十春

亦曾忍死須臾坐正用此時持事來今午垂簾春睡起

攤罏拈箸撥寒灰

自攜蠟屐自扶笻偶亦偕行挈小童積習未除官樣俗

袖中藏得歛煙筒

斜陽橋背立移時偶有人過偶頷之商略雨晴旋散去

不曾相識亦忘誰

雲中水火界相爭相觸相磨便作聲此是尋常推阻力

人間浪作震雷驚起世經言雷聲一雲中風界與地界相觸著二風界與水界相觸著三風界與火界相觸著譬如樹枝相揩即有火出又謂虛空中生電光以二電相觸相對相磨相打故出光此即西人乾溼氣相磨觸成雷電之說力學氣學已見於佛經矣

跳珠雨亂黑雲翻事外閒雲卻自閒看到須臾圖萬變

終愁累卻自家山

老健眞應飽看山看山誰得幾時閒屢將遊約誑猿鶴

遲恐山靈笑汝孱

夢囘小坐淚潸然已誤流光五十年但有去來無現在

無窮生滅看香煙

日光野馬息相吹夜氣沈沈萬籟微眞到無聞無見地

衆蟲仍着鼻端飛

拋書午倦睡醒時走聽盲翁負鼓詞漫說是非身後誤

上場人事類兒嬉

天下英雄聊種菜山中高士愛鋤瓜無心我卻如雲嬾

偶爾栽花偶看花

費盡黃金匝地鋪算來十笏只區區無端尙被西隣責

何況商量益地圖人境廬之隣有廢屋余以二百萬錢購得之然縱橫不過數丈而隣居逼處更無可展拓偶有營造輒來責言

曲闌十步九徘徊三面軒窗四扇開誇道華嚴彈指現
只憐無地着樓臺

牆外垂楊盡別家平分水竹頗爭差萬花爛漫他年事
第一安排旋復花

無端苞拆復挼莎誤盡人非郭槖駞甫見萌芽生意盡
對花負負奈花何（接梅花四五枝已生根矣而澆花人日拆視而搔摩之卒不得生）

忍向當門再種蘭露翻雨打莫重看思量空谷安身好
猶恐他時畫地難（種蘭）

秋淫天漏雨蕭蕭展葉抽條各自驕同作綠陰同蔽日
如何修竹肯彈蕉（種竹種芭蕉）

畧買臙脂畫折枝明窗護以璧琉璃物從中國名從主

綠比波稜紅荔支絳藤丹砂菊皆德意志種植之甚盛余考中國花果從海外來者如蒲萄苜蓿人所共知此外名無定字字從音譯如波羅蜜波羅之類大抵皆是荔支或作離支又作利支知非華產然今西南洋無此物余詢之西人乃知本阿剌伯種也今之玻璃漢書西域傳作璧流離說文作璧琊亦譯音之名

絮棉吹入化春衣渡海山諸足療饑一任轉踰無內外

物情先見大同時

亂草刪除綠幾叢舊花別換日新紅去留一一歸天擇

物自爭存我大公種月季花

農事傳家稷世官可知粒食出艱難妄誇天降忘人力

轉當寒冰覆翼看呂覽有上農任地辨土三篇多述后稷之言蓋農家相傳農學嘗謂弗厥豐草種之黃茂一章

乃辨土宜察物性之學訓詁家失其旨矣至誕降嘉種貽我來年亦頌后稷配天之功等於造物非謂從天而降也

三千年上舊花枝頗怪風人不入詩我向秦時明月問

古時花可似今時詩有桃李花有梅實而不及梅花賦詠梅花始於六朝極盛於唐以植物之理推之古時花未

移桃接李盡成春果碩花濃樹愈新難怪球西新闢地必佳後接以他樹而後盛耳

白人換盡舊紅人

篳路桃弧展轉遷南來遠過一千年方言足證中原韻

禮俗猶留三代前客人來州多在元時本河南人五代時有九族隨王審知入閩後散居八閩今之州人皆由寧化縣之石壁鄉還來頗有唐魏儉嗇之風禮俗多存古意世守鄉音不改故土人別之曰客人方言多古語尤多古音陳蘭甫先生云證之周德清中原音韻多相符合大埔林海巖太守則謂客人者中原之舊族三代之遺民殆不誣也

男執干戈女甲裳八千子弟走勤王崖山舟覆沙蟲盡

重帶天來再破荒梅州之土人今惟存楊古卜三族當南宋時戶口極盛其後縣髯播遷文陸號召士人爭從軍勤王崖山之覆州人士死者十蓋八九井邑皆空故客人從他邑來今豐順大埔婦人皆戴銀髻稱孺人相傳爲帝昺口勅此亦足補史傳之缺也

野外團焦嶺上田世傳三十子孫千元時古墓明朝屋

上覆榕陰六百年土著有傳世四五十者從盜化來者皆傳二十餘世溯其始基知爲元時矣孫枝蕃衍多者數千人少亦千人入明以後墳墓世守無失元時墓存一二而已明時築室亦有存者

宰相表行多譜牒大宗法廢變祠堂猶存九兩繫民意

宗約家家法幾章各姓皆聚族而居皆有祠堂糾貲設牌視捐金之多寡以別位置初意以聯宗族通譜牒而潮州惠州流弊亦或滋訟獄生械門故乾隆間江西巡撫輔德有禁祠之奏

世守先姑德象篇人多列女傳中賢若倡男女同權論

合授周婆制禮權婦女皆勤儉世家巨室亦無不操井臼議酒食親縫紉者中人之家則無役不從甚至務農業商持家敎子一切與男子等蓋客人家法世傳如此五部州中最爲賢勞矣

窅娘側足跛行苦楚國纖腰餓死多說向粧臺供媚妾

人人含笑看黎渦有耶穌敎士語余西人束腰華人纏足惟州人無此弊於世界女人最完全無憾云

反哺難期婦乳姑繫纓竟占女從夫雙雙錦襁鴛鴦小

絕好朱陳嫁娶圖多童養媳有彌月即抱去食其姑乳者

一聲聲道妹相思夜月哀猿和竹枝懽是團圓悲是別

總應腸斷妃呼豨土人舊有山歌多男女相思之辭當係猺蛋遺俗今松口松源各鄉尙相沿不改每一辭畢輒間以無辭之聲正如妃呼豨甚哀厲而長

華燈挂壁祝添丁吉夢徵蘭笑語馨日問神游到何處

佛前別供處胎經日者言胎有神某日在門在碓磨在廚竈在倉庫在房床在廁在爐在雞棲如與工作犯其神則墮胎或胎殘缺世皆遵信之

海國能醫山國貧萬夫荷臿轉金輪最憐一二虬髯客

手舉扶餘贈別人州爲山國土瘠產薄海道既通趨南洋謀生者凡歲以萬計多業采錫遇窖藏則暴富近則荷蘭之日里英吉利之北蠟檳榔嶼法蘭西之西貢皆有積貲至百數十萬者總計南洋華商客人居十之三同治年有葉來在吉隆與土酋門爭得其地卒以無力割據歸之英人此與坤甸羅大伯事略相類

秀孝都居弟子行人人陰騭誦文昌邇來雲笈傳抄貴

更寫鸞經拜玉皇嘉道以來所謂學術只誦陰騭文耳嘗謂國朝學案應別編文昌一派近更有玉皇敎以關帝呂祖文昌爲三聖所傳經卷均自降鸞來如明聖經之類大抵本道家名目而附會以儒家仁孝釋氏因果之說士大夫多崇信之

枯骨如龜識吉凶狐埋鳩占不相容一年訟牒如山積

不爲疑龍即撼龍（溺於風水禍福之說訟獄極多）

螺殼漫山紙蝶飛攜雛扶老語依依紅羅轍影銅簫響

知是誰家掃墓歸（掃墓每在墦間聚食喜食螺棄於地足以徵其子孫之衆多也樂用銅簫亦土俗）

老樹棲鴉子又孫青青松栢半爲薪眼中酒化杯中淚

拜手今承主祭人（拜曾祖母李太夫人墓）

恨無永叔瀧岡表亦媿羲之誓墓文說甚微官邀薄祿

紙錢在地酒澆墳（拜先母吳夫人墓）

樹靜風停夢不成枕函側倚淚縱横荷荷引睡施施溺

竟夕聞娘喚女聲（掃墓歸不寐隔壁有撫兒者終夜有聲）

黃鵠都非五尺童日催人老日龍鍾呼名摩頂囘頭道

兩頰差如百歲翁隨李伯陶先生謁其母鍾太孺人年九十八歲矣百歲翁謂余高祖也

五十年前事未忘白頭諸母說家常指渠墮地呱呱處

老屋西頭第四房

一路春鳩啼落花十齡學步語牙牙錦袍曾賦小時月

月照恒河鬢已華十齡學爲詩塾師以梅州神童蔡蒙吉一路春鳩啼落花句命題余有春從何處去鳩亦盡情啼語師大驚次日令賦一覽衆山小余破題云天下猶爲小何論眼底山因是鄉里甚推異之小時不識月余進學時賦題也

忽想尻輪到五洲海泓煙點小齊州丁年破浪乘風興

畫壁留圖作臥游

歲星十二徧周天繞盡圓球臍半環法界樓臺米家畫

總輪三島小神山余客海外十二年環游地球所未渡者大西洋海耳山水明秀日本爲最

長恨古人吾不見又疑諸史半欺謾女王銅鏡委奴印

親手摩抄對面看委奴國王之印神功皇后之鏡皆現存博物館中

烏呼碑下弔忠臣蹈海人人恥帝秦震地哭聲塗地血

大東扶起一紅輪德川氏之末有處士高山九郎見宮闕望山陵則痛哭繼而蒲生君平作山陵志岩垣松苗修國史賴襄著日本政紀世始知尊王及美英劫盟舉國復講言攘夷而將軍主和捕戮志士前仆後起則又唱尊王以攘夷逮大藩連結幕府傾覆終知夷不可攘再變而講和戎之利維新之業成於二三豪俊實基於在下之仁人君子心力之爲也烏呼

滔滔海水日趨東萬法從新要大同後二十年言定論

手書心史井函中在日本時與子峩星使言中國必變從西法其變法也或如日本之自强或如埃及之被逼或如印度之受轄或如波蘭之瓜分則吾不敢知要之必變將此藏之石函三十年後其言必驗

一夫奮臂萬人呼欲廢稱臣等廢奴民貴遂忘皇帝貴

莫將讓國比唐虞華盛頓

當時傳檄開荒令今日關門逐客書浪詡皇華誇漢大

請看黃種受人鋤華盛頓之拒英也布告各國言美利堅土廣人稀無論紅黃黑白各種到美國者均一律看視而光緒八年竟行禁制華工之例

赫赫紅輪上大空搖天海綠化爲虹從今要約黃人捧

此是扶桑東海東歸舟行太平洋明日到日本矣五更起坐舵樓中待日出極目所際惟見水耳俄頃有萬道虹光上下照映而日出矣大如五車輪頃刻已圓勢極迅疾

四百由旬海道長忽逢此老怨津梁沈沈睡過三千歲

可識西天有教皇由香港至錫蘭島島有臥佛長三丈餘佛滅度後即造此像云

上燭光芒曜日星東西並跱兩天擎象形文字鴻荒祖
石鼓文同石柱銘埃及國石柱爲周以前物字多象形郭筠仙侍郎所謂體近大篆也
一刀截斷大河橫省卻圖南六月程海客懽呼土民怨
債臺高築與天平蘇彝士河
瓊闕丹房曜彩霞爛紅玫瑰兩天華外孫魯酒皇娥瑟
同醉西方阿母家英皇即位今六十四年矣普魯斯王是其外孫俄皇丹主皆姻戚貴壽福祿世所希有所居有
五色宮殿玫瑰花皇族徽章也
生是天驕死鬼雄全歐震蕩氣猶龍世間一切人平等
若算人皇只乃公拿破崙紀功碑
萬燈懸耀夜光珠照出諸天夜燕圖纓絡網雲花散雨

居然欲界有仙都（桑斯勒塞法都之極大都會也）

長夜漫漫日不光，黑風吹我墮何方。蒼天已死黃天立，

惟見團團雞子黃（九十月之交倫敦每有大霧咫尺不辨余居英時白晝然燈凡二十三日車馬非鈴鐸不敢行）

眼底塵驚世界微，天風浩浩吹人衣。便當御氣乘毬去，

飽看環瀛跨海歸（巴黎鐵塔高一千尺）

浮沈飄泊年年事，偶寄閒鷗安樂窩。急雨打窗浪搖壁，

無端平地又風波（到新嘉坡二年因患瘧久病初養痾章園園在小島屋據海石上風定月明潔無纖翳惟狂風一吼則飛浪往往濺入窗戶間如泛舟大海中也）

雲爲四壁水爲家，分付名山改姓佘。瘦菊淸蓮豔桃李，

一瓶同供四時花（潮州富豪佘家於新嘉坡之潴水池邊築一樓三面皆水余借居養痾主人索樓名余因江南

有余山名之曰余山樓雜花滿樹無冬無夏余手摘蓮菊桃李同供瓶中亦奇觀也

上山如畫重累人結屋絕無東西鄰襟間海上一丸月

屐底人間萬斛塵余養疴至檳榔嶼有謝姓者邀余住竹士居在萬山頂初用土人舁籃輿而往至峻絕處則居引手攀援而上如猿猱然再用一人護余足到山頂絕巘俯海一無所見惟月初出時若在我襟帶間矣

甑蒸汗雨鬱如珠兩腋清風習習俱浴過涼波三百斗

纔知灌頂妙醍醐客南洋群島者每晨起輒灌頂用水數十斛考北史徐之才傳曾以此法治伏熱病蓋以水制汗使不敢出久之則併所受鬱熱滂沛而出覺竟體清涼矣

三年團扇在懷袖六月重裘仍帶圍萬里歸槎北風急

經旬卻換五時衣余客舊金山四年全用夾衣居英倫一年未脫棉衣庚寅六月間曾御裘住新嘉坡三年僅一單衣正二月或用薄紗惟甲午十一月中旬由坡回華十日間炎風朔雪每日更換到上海乃重裘矣

蟹行艸字畫佉盧蠟印紅鷹兩翼舒君主花名民主押

篋中留得兩除書官領事者其主國例有文憑日本名曰認可狀余官舊金山新嘉坡總領事存英君主美民主

簽押官文各一紙上有花字末作一蠟印印作巨鷹舒翼獨立大如盤

夢裏似曾遷海外醉中不覺到江南用東坡語茫茫人海浮

沈處添得閒鵰又兩三香濤制府署兩江總督於受事日即電奏調余同華同時奏調者二三人然有

賦閒者

我行偏歷三天下松寥一閣天下奇兩鼎蟠螭碑瘞鶴

還有椒山手寫詩焦山

黃鶴高樓又搥碎我來無壁可題詩擊天銕柱終虛語

空累尙書兩鬢絲黃鶴樓已毀南皮制府常語賓僚將來鍊銕有效當改造銕壁庶免火災然銕政一局費餉五

六百萬已易
官爲商矣

御屏丹筆記名新天語殷殷到小臣九牧盛名吾豈敢

知非牛李黨中人數年來以人才保薦疆臣則陳右銘中丞二次張香濤督部三次劉峴莊督部王夔石督部榮仲華督部廖穀似中丞朝官則李苾園尚書唐春卿侍郎張野秋侍郎徐子靜侍郎各一次而鄧鐵香鴻臚於光緒九年保奏使才已有久困下僚之語聞得旨交軍機處記存凡十數次云

丹樓彩日畫中看初上鑾坡擧步難勞動九重前席問

繡衣門外立天官故事道府以下官必先行引見乃得召見余因總理衙門徵召至京本有由吏部帶領引見之旨而部議尼之乃奉持旨預備召見蓋異數也

堯天到此日方中萬國强由法變通驚喜天顏微一笑

百年前亦與華同召見時上言泰西政治何以勝中國臣奏泰西之强悉由變法臣在倫敦聞父老言百年以前

尙不如中華上初甚驚訝旋笑頷之

奉使虛聞結德車郤廻舞袖到長沙青鸞傳到東皇信

又泛蓬萊八月槎

三詔嚴催倍道馳霸朝一集感恩知病中泣讀維新詔

深恨鋒車就召遲戊戌二月上命樞臣進日本國志繼再索一部奉使日本由上特簡三詔敦促有無論行抵何

處着張之洞陳寶箴傳令攢程迅速來京之諭然余以久病恨未能遽就道也

冷月嚴霜照一燈析鈴風送響騰騰案頭英簜門前戟

豈有籧篨覆庾冰到滬病益亟乃乞歸已奉旨允俞或奏稱康梁尙匿余處蓋因其藏匿日本使館而誤傳也有

旨命兩江總督查看上海道蔡鈞張大其事派兵圍守然余之所居本上海道公所且當時康已在香港矣

七十尙書出荷戈三閭憔悴怨湘波撫琴欲鼓拘幽操

輒唱臣難喚奈何

竟寫梅邊生祭祠亦歌塞外送行詩候人鵠立門如海

浪語風聞百不知圜守之兵摯鎗環立如設重圍外人不知爲所犯何事疑爲大獄險語驚人偏海內外知交探問隔絕不通然即問及余余亦不知也八月二十六夜乃得旨放歸

憐君膽小累君驚抄蔓何曾到友生終識絕交非惡意

爲曾代押黨碑名八月二十五日得一電曰與絕交然乙未九月余在上海康有爲往金陵謁南皮制府欲開强學會力爲周旋是時余未識康會中十六人有余名即所代簽也又聞與康至交所贈詩有南陽臥龍之語及康罪發乃取文悌參劾之摺彙刊布市蓋亦出於無奈也

環門松竹喜相迎倚樹安棲鴿不驚對鏡頭顱顧妻笑

幾乎此事卻干卿到家

栄傭酒保笑言歡偶數江湖幾謫官瓜蔓環門蘭在室

呼兒重檢漢書看

花落庭空對紫薇畫簾重處漾斜暉銜雛燕子渾無賴

眼見人瞋故故飛

寒燈說鬼鬼啾啾夜雨言愁我欲愁只有蓬山萬重隔

未容海客說瀛洲

左列牛宮右豕圈冬烘開學鬧殘年籬邊兀坐村夫子

極口媧皇會補天

寒罏爆栗死灰然酒冷燈昏倦欲眠驚喜讀書聲到耳

細聽仍是八銘篇八銘篇鄉塾時文課本也

風雨雞鳴守一廬兩年未得故人書鴻離魚網驚相避
無信憑誰寄與渠
頸血模糊似未乾中藏耿耿寸心丹琅函錦篋深韜襲
留付松陰後輩看
古佛孤燈共一龕無人時與影成三何方化得身千百
日換新吾對我譚
地球捧問海中央多少紅毛國幾方聽說龍飛周甲宴
挽鬚要去見英皇小孫及外孫皆八九歲
相約兒童放學時小孫拍手看翁嬉平生兩事轟轟樂
爆竹聲騰鷂子飛粵俗呼紙鳶爲鷂子

鏡中歲歲換容儀諱老無妨畧鑷髭今日髮旗懸不起

星星知賸幾莖絲

蜡餘忽夢大同時酒醒衾寒自嘆衰與我周旋最親我

闕門還讀自家詩

己亥續懷人詩

白髮滄江淚灑衣別來商榷更尋誰閒雲野鶴今無事

可要籃輿共護持義寧陳右銘先生

紛紜國是定維新一疏驚人泣鬼神尋偏東林南北部

一家鉤黨古無人宛平徐子靜

薦賢畧似孔文擧下獄還因呂步舒一編選佛科名錄

便是司空城旦書貴筑李苾園先生

金華講殿共論思　聖祖　文宗舊典貽指問雞棲庭

下樹可容別築鳳凰池錢塘張菊生

優孟衣冠笑沐猴武靈胡服衆人咻問君薙髮新王令

換卻頑民多少頭咸陽李孟符

龍泉知我劍隨身三斗撐胸熱血新是我眼中神俊物

熊羆男子鳳凰人鳳皇熊秉三

南嶽雲開筆路初歸來秋雨臥相如零星幾卷靈鶼閣

只算江郎製錦餘元和江建霞

我歌樂府壽人曲君作師儒紹聖篇爛漫衆雛環我拜

登堂公瑾是同年達縣吳季清

文如腹中所欲語詩是別後相思貲三載心頭不曾去

有人白晳好鬒眉義寗陳伯嚴

念我平生同隊魚又念丈人屋上烏翩翩公孫才似舅

因君問訊今何如長沙俞恪士南昌羅邠峴伯嚴有子名衡恪即其甥也

臣罪當誅父罪微呼天呼父血沾衣白頭元鬢哀蟬曲

減盡維摩舊帶圍宛平徐研父

一卷生花天演論因緣巧作續紘膠絳紗坐帳談名理

勝似麻姑背蛘搔福州嚴又陵

兼綜九流能說佛旁通四部善談天紅燈夜雨圍爐話

累我明朝似失眠仁和夏穗卿

平生著述老經師絕妙文章幼婦詞今日皐皮談改制

黃書以外錄明夷善化皮鹿門

閃電雙眸罯似嗔知君龍性未能馴同游莫學梁園客

自負山膏好罵人福州鄭蘇庵

自家家法自家妝鄉里傳誇馬糞王花樣時文筍尖脚

可容兒女再商量鄞縣王菀生

船山大隱師承遠東海褒冥學派新編到沅湘耆舊錄

難爲君稱作龍身瀏陽歐陽瓣薑

屈指中興六七公論才考德首南豐籠人意氣談天口

轉似區區隘乃翁 湘鄉曾重伯

少年罪狀在金荃中歲驂鸞便學仙魂北魂南今哭徧

再傾淚海哭桑田 龍陽易實甫

四壁青山亂疊書蓮蒿沒徑閉門居記曾元子坊邊遇

手挈筠籃貫柳魚 丹徒陳善餘

相約乘槎萬里遙天風吹散各蓬飄屋梁月黑思君夢

忽夢平生吳鐵喬 順德何蔚高

頭顱碎擲哭瀏陽一鳳而今賸楚狂龜手正需洴澼藥

語君珍重百金方 瀏陽唐敦臣

背負靈囊欲大包東西游說日譊譊治傭酒保相攜去

幸免門生瓜蔓抄　順德麥孺博　三水徐君勉　南海韓樹園

謬種千年兎園册此中埋沒幾英豪國方年少吾將老

青眼高歌望爾曹　李炳寰　唐才質　蔡艮寅

臘月二十四日詔立皇嗣感賦

漢家累葉子孫千朱果祥占瓜瓞綿十世忽遭陽九厄

再傳失紀仲壬年千秋金鑑徵儲貳九降綸音慎擇賢

今日小宗承大統典書豈忘帝堯篇

先皇遺恨鼎湖弓世及家傳總大公誰誤禮經爭繼統

安拚尸諫效孤忠弟兄共託施生蔦男子偏遲吉夢熊

片紙病中哀痛詔前星翹首又移宮

齊東野語儘荒唐讀詔人人泣數行怪事聞呼奈何帝

佹詩敢唱厲憐王袖中禪代誰經見管外窺天妄測量

鉤盡甘陵南北部庶人橫議亦刊章

家居撞壞盧纖兒天下膏粱百不知朝貴預尊天子父

王驕甘作賊人魁亢龍守埶存身日瘈狗相牙擲骨時

玉匣緘名黃帶盛承平重憶說雍熙

人境廬詩草卷九終

弟遵庚初校

梁啓超覆校

人境廬詩草卷十

嘉應黃遵憲公度

庚子元旦

喔喔天雞又一鳴雙懸二曜展光明承天仰看金輪轉

震地訛傳玉斧聲漢厄愁看正月卯代來幾協大橫庚

自歌太乙迎神曲終望餘年見太平

樂奏鈞天夢裏過瀛臺縹緲隔星河重華仍唱卿雲爛

大地新添少海波千九百年塵刼末東西南國戰場多

南洋非洲均有戰事未知王母行籌樂歲歲添籌到幾何

杜鵑

杜鵑花下杜鵑啼苦雨淒風夢亦迷古廟衣冠人再拜
重樓關鎖鳥無棲幽囚白髮哀蟬咽久戍黃沙病馬嘶
未抵聞鵑多少恨况逢春暮草萋萋

初聞京師義和團事感賦

無端桴鼓擾京師猶記昌陵鼎盛時今日黃天傳角道
非徒赤子弄潢池冠纓且教宮人戰繡𦈡還充司隸儀
晝夜金吾曾不禁未知盜首定何誰
九百虞初小說流神施鬼設詡兵謀明知篝火均狐黨
翻使衣冠習狗偷養盜原由十常侍詰姦惟賴外諸侯
竹筐麻辮書團字痛哭誰陳恤緯憂

博帶峩冠對舊臣三年緘口諱誰新儘將兒戲塵羹事
付與尸居木偶人詔述政行皆鋏案黨人獄起又黃巾
即今馬趙來宣撫猶信投戈是義民

寄懷邱仲閼逢甲

滄海歸來鬢欲殘此身商榷到蒲團哀絃怕聽家山破
醇酒還愁來日難繞樹烏尋誰屋好銜雛燕喜舊巢安
朝朝曳杖看山去看到斜陽莫倚闌

感事又寄邱仲閼

萬日眈眈大九州神叢爭博正探籌何堪白及張拳黨
大刀會義和拳更擾黃花落地秋嘉慶癸酉本於八月置閏

欽天監奏改爲次年二月而教匪所傳經有二八中秋黃花落

地之語賊黨以爲豫兆定謀糾亂及改閏林淸等乃於九月十

五日作亂於京師　石破眞驚天壓已陸沈可有地埋憂

前番尙得安身處莫說寒蕪赤嵌愁

三邊烽火照甘泉聞道津橋泣杜鵑帝釋亦愁龍漢刼

天災兇值鼠妖年流離苦語傳黃蘖盜竊迷香幻白蓮

嘉慶中白蓮教匪倡亂凡九年傳習京畿者又變爲八卦榮華

紅陽白易諸名今之義和拳即離卦教中徒黨見那文毅公奏

疏漫寫哀辭金鹿痛人間何事不顚連

述聞

太阿倒授又移權便到元黃血戰年狂喝梟盧天一笑
怒訶狗腳帝三拳垂虹上貫重輪日瀉海橫分九點煙
畢竟圖王圖作賊無端殿下比雷癲
皇京一片變烟埃二百年來第一回荊棘銅駝心上淚
觚稜金爵刼餘灰螟蛉果贏終誰撫猿鶴沙蟲總可哀
只望木蘭仍出狩鑾輿無恙賊中來
說有蒼天不死方盜泉一飲衆皆狂人言細柳都兒戲
我欲傳芭哭國殤鬼吏三官明作賊神兵六甲解擒王
古今多少昏荒事併付盲翁負鼓場
一拳打碎舊山河兩手公然斗柄挼鸜鴒往來謠語慟

魚龍曼衍戲場多火焚祆廟連烽燧轍涸羇臣乞海波

至竟還東多浪死尙誇十萬劍橫磨

拔幟先登徑上臺礮聲震地忽轟雷一齊擾擾嗟魚爛

萬目眈眈看虎來銕鑄六州成大錯衣香七市付沈灰

聯盟守約連名奏賴有維持半壁才

禹迹芒芒畫九州到今滄海竟橫流合縱敢拒三天下

雪恥將尋九世讎事勢可如騎虎背功名偏賞爛羊頭

是誰畫諾誰傳詔一紙明貽萬國羞

忽灑龍漦翳太陰臣天主竊到於今風輪壞刼天難補

磐石無人陸竟沈揖盜開門終自誤虐臣釁鼓果何心

當時變政翻新案早使憂臣淚滿襟

飛角侵邊局早輸（啓超按輸字疑誤姑從抄本）國家雖缺尙金甌剪分

鶉首天何醉再拜鵑聲帝獨憂藉寇終除鉤黨禍函圖

看送罪臣頭祖功宗德王明聖豈有乾坤一擲休

七月十五夜暑甚看月達曉

空庭樹靜悄無鴉太白光芒北斗斜破碎山河猶照影

廣寒宮闕定誰家光殘銀燭談偷藥熱逼金甌看剖瓜

滿酌清尊聊一醉漫愁秋盡落黃花

南漢修慧寺千佛塔歌

塔爲南漢劉鋹時建弟一層有銘，文曰敬勸衆緣以烏金鑄

造(首行)千佛塔七層於敬州修慧寺(二行)掤塔亭供養虔緊歸善

土望(三行)皇躬玉歷千春(四行)瑤圖萬歲然願郡壇□□□□(五行)

康平禾麥豐饒軍民寧□□(六行)雨順調□境歌詠□□□□

(七行)方隅次以九宥三塗□□□(八行)樂亡魂滯魄咸證人天□

□(九行)周圍常隆瞻敬以大寶八年(十行)乙丑歲大呂之月設齋

慶讚(十一行)一銘皆陰文以光孝寺東西鐵塔證之其三面當倘

有題名如乾亨寺銅鐘欵或并有衆緣弟子名然無從尋視

矣此塔創建至今九百餘年廣東通志嘉應州志皆失載即

吳石華廣文南漢金石志搜羅極富亦不之及塔高約三四

丈上七層爲鐵鑄下疊土築成無從攀登故不知塔頂有銘

乙丑兵燹以後略毀而未壞嗣爲群兒毀傷日久遂圮余歸里後求之鄰家得塔銘一方續得弟五層全層（由下而上塔銘在下爲第一層餘准此）又得弟三弟四層之三方及弟二層之一方考弟二層有七十七佛（像分五層每層小佛十六大佛一占小佛位四）弟三層六十七佛（亦五層每層小佛十四大佛如上式）弟四層五十七佛（亦五層每層小佛十二大佛如上式）弟五層三十七佛（分四層每層小佛十大佛如上式）由是推知弟六層佛十二佛（當是兩層每層六佛）每面二百五十佛合計則千佛也最高之七層爲合尖頂應無像弟四層大佛旁有小字曰東方善德佛北方相德佛西方無量壽佛南方殘缺以釋典考之當是南方栴檀德佛佛皆趺坐歛袖乘以蓮花自弟二至弟六層皆方隅下有簷寬約四寸簷角有蟾蜍形

似以之繫鈴者唯弟一層無簷有立像二在兩隅似是四天
王其數應不在佛中也攷敬州於南漢主劉晟乾和三年即
潮州之程鄉縣升爲州領縣一修慧寺不入志中寺址亦未
悉所在此塔距余家僅數牛鳴地巋然立岡上亦無塔亭故
老傳言乾隆初年由前州牧王者輔於今之齊洲寺移來寺
去塔不遠然修慧寺何以易名志既失載又無碑可證矣余
所得殘整各塊均置於人境廬其塔銘則供息亭中已囑温
慕柳檢討補入新志中復作此詩以誌緣幸
天龍不飛海蛟起遙斥洛州爲刺史萬事蕭閒署大夫
仍世風流作天子無愁天子安樂公黃屋左纛誇豪雄

當時十國均佞佛此國佞佛尤能工八萬四千塔何處
勑司特用烏金鑄石趺銕蓋花四圍宮使沙門名列署
千家設供爭飯僧百姓燒指添然燈一州政得如斗大
亦造窣堵高層層此塔周圍佛千位十方弟子同瞻禮
寶林銅鐘廣勸緣雲華石室誰作記坐花共數蓮幾枝
別繡尙餘銘百字銘文共一百十五字完好者九十九字下言人鬼共安康上
祝國皇壽千歲噫嘻劉氏五十載一方嶺蛋殊可憐晝
地爲牢聚蛇毒殺人下酒垂蛟涎離宮深處即地獄銕
牀湯鑊窮烹煎兎絲呑骨龍作醢諸劉遺種無一全人
人被髮欲上訴亡魂怨魄誰解寃編玉爲堂柱念四媚

川采珠人八千壘山日輸贖罪石入城亦費導行錢錢
王媚佛善搜括比此尙覺差安便賣兒貼婦竭膏血一
塔豈有功德緣爾時王此昏荒國方詡極樂忉利天紅
雲張宴飽荔子素馨如雪堆花田朝出呼鸞引幢蓋暮
歸走馬委珠鈿魚英供壺甘露味翠屏舞鏡春風顚大
體雙雙學豬媚微行側側攜蟾仙樓羅檢歷縱嬉戲候
窗設監酣醉眠女巫霞裾坐決事彼昏只倚常侍賢自
謂此樂千萬歲還丹不服貪流連誰知執梃降王長屈
指造塔剛七年星流雨至時事改風輪轉刼無不壞銅
壺滴漏幾須臾倏忽到今九百載金甃往往賣珠市玉

魚時時出銀海康陵荒廢馬墳空此塔金身巋然在賜田補鉢亦荒蕪廢像模銅失光彩人間理亂百不聞菩薩低眉猶故態吁嗟乎佛雖無福亦無殃而今宗教多荒唐木鐸廣招諸弟子（天主教之傳教者名曰主教曰神父曰司鐸）白絹妄說空家鄉（嘯亭雜錄白蓮教以道祖爲重又有天魔女巫諸名位所傳經卷以眞空家鄉無生父母八字爲眞言書於白絹暗室供之）中西同異久積憤一朝糜爛如蜩螗誰人秉國竟養盜坐引强敵侵畿疆天魔紛擾脩羅戰神兵六甲走且僵大千破碎六種動恐與佛國同淪亡長安北望淚如瀉空亭徘徊夕陽下問佛不言佛羊啞趙佗竊號何眞降孰能保此一方者

五禽言

不如歸去。不如歸去。博勞無父鶵無母。生小零丁長艱苦。毛羽雖成不自主。歸去歸去歸何處。不如歸去。

姑惡姑惡。小姑謠諑。小姑讒我有間時。狰奴黠婢日助虐。十年不將雛。自嘆妾命薄。作窠猶未成。亦願受鞭撲。一意報姑恩。云何姑不樂。姑惡姑惡。

泥滑滑。泥滑滑。北風多雨雪。十步九傾跌。前日一翼翦。昨日一臂折。阿誰肯護持。舉足動牽掣。仰天欲哀鳴。口噤不敢說。回頭語故雌。恐難復相活。泥滑滑。

阿婆餅焦。阿婆餅焦。阿婆年少時。羹湯能手調。今日阿婆昏且驕。汝輩不解事。阿婆手自操。大婦來。口譊譊。小婦來。聲囂囂。都道阿婆本領高。豆萁然盡煎太急。炙手手熱驚啼號。阿婆餅焦

行不得也哥哥。行不得也哥哥。黑雲蓋野天無河。枝搖樹撼風雨多。骨肉滿眼各自他。三年病損瘦到骨。還欲將身入網羅。一身網羅不敢惜。巢傾卵覆將奈何。行不得也哥哥

再述

誓師仗鉞大王雄。虐使連聲詈宋聾。萬國談瀛驚創見。八方震電怒環攻。寇來直指齊雲觀。兵起誰張救日弓。

況是黑龍江上月旌旗光照血波紅
璽書皇帝問東皇親愛從來昆弟行豈有行人眞坐罪
忍看鄰國到脣亡剛聞窮海通飛雁翻又穹廬縱盜羊
五百島民如併命膏腴割盡可能償
存亡危急上呼天聯乞皇天悔禍延朝議正爲劉氏袒
里優忽唱李公顚主盟牛耳方推長賓館鴻臚竟首懸
誤盡攘夷南宋論况逢毒手又空拳
噂噂元老語踦閭沓沓羣臣當殿趨玉磬賂人終聽客
翠華到處即遷都預愁淸酒黃龍約盡倒天吳紫鳳圖
忍聽王孫路旁泣延秋月黑亂啼烏

羽檄飛馳四百州先防狼角後髦頭兩端首鼠盟吳楚

一國蒙戎黨李牛天意豈忘黃種貴帝星猶幸紫微留

橫流忍問安身處北望徘徊漆室憂

七月二十一日外國聯軍入犯京師

壓城雲黑餓鴟鳴齊作吹唇沸地聲莫問空拳毆市戰

餘聞扈蹕六軍驚波臣守轍還無恙日馭揮戈豈有名

聞道重臣方受節料應城下再尋盟

聞車駕西狩感賦

史臣新紀中興年應數西遷弟一篇嵩室剛呼千萬歲

帝車同仰九重天齊人野語紛多故海客瀛談每浪傳

今日君顔親咫尺秋風簫鼓競導前

有以守社稷爲言者口號示之

萬一羣胡竟合圍城危援絶勢難支要知四海爲家日

終異諸侯失國時奪使只如爭虎穴勞王非敢戰魚麗

溥天頌德三年久請聽囘中鼓吹辭

中秋夜月

曾聞太姆會群仙霞縟雲絪敞綺筵齊唱人間可哀曲

卻忘天上是何年横爭叢博拚孤注醉擲陶輪碎大千

賸取山河月中影不成滄海不成田

讀七月廿五日行在所發罪己詔書泣賦

讀詔人人泣數行朕躬不德股肱良三年久已祈羣望
此罪明知在萬方表裏山河故無害轉旋日月定重光
婆娑鳳尾親批諾遙想天顏慘不揚

諭勸義和團感賦

是民是賊論紛歧鑄鼎圖姦始共知黃帶亦編流寇傳
繡衣重覩漢官儀自天下降愚黔首爲帝驅除比赤眉
伏劍直臣猶未瞑料應喜見中興時

聞駐蹕太原

南海昆明付刼灰西風汾水雁聲哀勤王莫肯倡先晉
樂禍人猶奉子頽兵甲誰清君側惡衣冠各自賊中來

壺槳夾道民爭獻顧祝橋從萬里囘

聞車駕又幸西安

群公累月道旁謀擾擾干戈未敢休太白去天眞一握

稗瀛環海更西流河山形勢成牛角神鬼威靈尙虎頭

端王所統虎神營仍隨扈西行 差喜長安今夜月千年環照帝王州

久旱雨霽邱仲閼過訪飲人境廬仲閼有詩兼慨近事

依韻和之

生菱碎盡賸湖光未落秋花半染霜舉目山河故無恙

驚心風雨旣重陽麻鞋衮衮趨天闕華蓋遲遲返帝鄉

話到黃龍淸酒約唏噓無語忍銜觴

蒹葭秋老臥江湖有客敲門夢乍蘇海外瀛談勞炙輠

電中天笑詫投壺自循短髮羞吹帽相對新亭喜雨珠

太白孤雲高兩角不知曾溼漢旌無

再用前韻酬仲闕

夜雨紅燈話夢粱人言十事九荒唐任移斗柄嗟王母

枉執干戈痛國殤博戲幾人朱果擲刼灰徧地白蓮香

殘山一角攜君看差喜無須割地償

北望鈞天帝所都詔書昨拜執金吾羞言玉璽褒新事

淒絕霓旌幸蜀圖牛李尙尋鈎黨禍晉秦能作一家無

尊王弟一和戎策誰唱迎鑾作先驅

三用前韻

秋草灤河輦路荒牛車重叉冒風霜國人爭看天魔舞

帝女難言神鵲祥今倘拳拳持璽綬人言籍籍撲縑囊

蕪蔞豆粥艱辛處應憶東朝樂未央

無人伏闕諫靑蒲事誤都由七尺孤當璧咸尊十阿父

折箠思服小單于黃䌫擁護難爲婦寶玦淒涼乞作奴

同此王稱同此禍早知金狄識非誣

四用前韻

撼門環哭呼高皇鐘簴何人奉太常墮地金甌成瓦注

在天貫索指銀潢歸元纏篋催函送計口緡錢責幣償

索償至四百五十兆兩以戶口計之是每人一緡錢也豈獨漢唐無此禍五洲驚怪國

人狂

聚語踦閭二大夫報書未服五單于華離倘免分瓜苦

棼亂難遲蔓草圖藉口豈徒徵紀覷空拳尚欲曜威弧

禱天莫作遷延役早已荊榛萬骨枯

五用前韻

盜璽曾聞罪贊襄如何在鼎九刑忘君臣相顧如騎虎

父子難爲隱攘羊今日家居誰撞壞老身社飯自思量

忽傳罪己輿元詔霑灑青霄淚萬行

掩抑魚軒賦載驅吞聲在野鴿跦跦扈行尚縱花門賊

入衛難徵竹使符舊夢百年仍鎖港殘山半壁欲遷都

最憐黃鶴樓中客西望長安淚眼枯奏稱臣等自五月以來驚魂欲斷淚眼將枯云

六用前韻

噫嘻諸將敢連衡傳檄淸奸告四方狼角盡除塵盡埽

龍顏重奉日重光到今北闕猶朝拱豈有西鄰妄責償

汾水秋風太行雨幾人南望撼勤王

天何沈醉國何辜橫使諸華擾五胡照海紅燈迎聖母

驚人銅版踏耶蘇奇聞竟合諸天戰改色愁看蓋地圖

到此鵲喧鳩聚語猶誇魔術詡神符

七用前韻

擾擾橫開傀儡場四方傳笑國昏荒夢魘終悔臨朝武

氏蜉應編異姓王賜劍昨悲吳命短執戈又弔楚辭殤

賴姦掩賊知難活殲我良人孰索償謂南北殉難遭害諸君子

落葉秋風怨帝梧天寒誰爲送褰襦六宮亦寫零丁帖

九牧旁觀罔兩圖列仗黃麾函促送蒙頭氈毳病應蘇

轉旋龍馭歸何日恨未前驅手執殳

八用前韻

驚天重鼓女媧簧橫逼君紘變履霜跪地習聞提冒絮

奪門禍遂起蕭牆日中傾蜺何無忌海外醫龍竟有方

聞道八神齊警蹕人間早既唱堂堂

鸞聲夾道聽讙呼重覩官儀返上都三月羼裘思德化

諸天龍節護曼殊（崇德初年西藏達賴禪師遣使馳賀奏稱爲曼殊皇帝）中央土復尊

黄帝十等人能免黑奴賴我聖君還我土人人流涕說

康儞

天津紀亂十二首

九載妖魔亂先朝寶訓垂又逢年厄閏復演卦重離善

禁刀能厭神姦鼎共知何堪三輔地棼亂遂如絲

竟屈將軍貴焚香啓閣迎唪經龍滴淚圖怪鳥羅平大

禮分輿馬同仇賦甲兵紅巾隨衣繡携手便偕行

棧道燒先絕軍書阻不通九天方設險六國已環攻霧

暗軍氛墨波飛戰血紅鷹瞵兼鶚視高颺大旗風
一概拳捶碎喧騰萬口譁噫風傾海市笑電掉雷車薪
積袄神火蓮開地獄花忍看灰礮毒糜盡萬蟲沙
露布明光奏翻誇士氣揚執戈童衛國麾扇女勤王赤
手能擒虎紅頭看爛羊傷心驕憤詔雪恥報先皇
廣募樓羅歷誇强曳落河摩雲飛白燕出地叫蒼鵝空
手婆猴技齊聲天馬歌赤流嗚咽水猶逞劍橫磨
二伯分藩地諸胡互市場虎牢同鄭戍魚爛竟梁亡仗
劍空神博霾輪又國殤相州師一潰從此瘰邊防
誰繪流民狀寃霜苦泣零沙黃嘷餓犬月黑尾流螢倭

墮拋家髻郎當閤道鈴不徒標賣宅徧地帖零丁

官作胡奴役魔將鬼界圍驚雷從掌起酣夢忽頭飛神

亦釘銅版人難護銕衣吞聲說離亂辛苦客逃歸

誰信勤王檄都成烏合徒兵箆紛白刼國鑿哭朱儒張

脉當螳臂空譚埒虎鬚計窮惟矢死一死豈償辜

都統開牙治威儀比漢官共和成宙合餘怒及師團錦

繡千人繖琅瑺大吏冠更留鞭血地說付賊民看

古有蚩尤霧師君又水仙未聞召金狄幾欲死蒼天照

影神人鏡彈詞瞽女紘併歸妖亂志傳述太平年

京亂補述六首

王屋沈沈者翻聞篝火鳴潢池紛盜弄枉矢竟流行白
揞天魔舞丹書鬼卒名人言十常侍內應早連盟
一炬咸陽火群飛京洛塵自天來劍俠無地立環人囊
射匈奴血鞭麾小婢神將軍三十六妖服盡黃巾
天竟生積禍人爭唱董逃空聞宣虎節莫肯解牛刀學
國成狂病群官作賊曹驢王兼狗相踴躍喜同袍
萬國紛馳檄傳聞客館攻魚枯將海涸龍睡尚天聾雷
門槍雲黑星飛彈雨紅不堪掘殘冢肆虐到神叢
亦有誅奸疏泣陳王室憂裂麻要帝諾攀檻碎臣頭月
暈蓬星見山傾鋏血流終看胡騎入抉眼在城樓

熱鐵飛輪下城門牡早亡手持忘玉璽事誤泣金牀棄

甲逃神將函頭索賊王虜塵重擾擾又換八旗揚

京師

鬱鬱千年王氣旺中間鼎盛數乾嘉可憐一炬成焦土

留與東京說夢華鸜鵒來巢公在野鴟鴞毀室我無家

登城不見黃旗影獨有斜陽咽暮笳

三哀詩哀爽秋京卿　吳季清明府　唐黻丞明經

士生板蕩朝非氣莫能濟國家有妖孽尤貴養正氣公

官典客時正值艱難際初言義和拳本出大刀會先皇

鑄九鼎早既斥魑魅明明白蓮教遺孽傳苗裔邪術金

鐘罩不過弄狡獪宗社三百年豈可付兒戲繼言諸大
國各有白馬誓預儲大萬金始可戮一士矧持英蕩來
堂堂大國使一客不能容反縱瘈犬噬問罪責主人將
以何辭對封事兩留中痛哭再上疏彼賊敢横行實挾
朝貴勢奈何朝廷尊公與匪人比盲師糊塗相驕將偃
蹇吏擲國作孤注作事太憒憒速請黄鉞誅無得議親
貴幸清君側惡斧鉞臣不避當璧天子父不敢爲尊諱
天潢盜弄兵語直斥王字嗚呼批鱗難況觸投鼠忌朝
衣縛下獄衆口咸詬詈白及露霜鋒黄巾走塵騎阿師
呼大兄紅帶夾道侍讙譁殺二毛萬頭相傾擠公甫下

囚車拜問臣何罪刑官縱馬來大罵囚無禮豈容發口
言指天復畫地呼天聲未終滾地頭已墜惡耗四海傳
何人不雨淚識公十數年相見輒倒屣追述潘鄧說許
我以國器公贈詩有云儒初伯訥兩孤標說士推君器後凋之句同輩六七賢推公最
強記喜談佛老學語我求出世知公眞名士不獨善文
藝未知比干心竟爲直諫碎我實知公淺負負心內媿
馬關定約後公來謁大吏靑梅雨翛翛煮酒論時事公
言行篋中攜有日本志此書早流布直可省歲幣我已
外史達人實高閣置我笑不任咎公更發深喟今日讀
公疏倘得行公意四百五十兆何至貽民累不獨民累

祛中國咸受惠即彼埘賊徒亦綏須臾斃斥公助逆人
黃泉見亦悔蒼蒼天九重今尙浮雲蔽痛公不言隱開
卷輒流涕盜首旣伏誅知公不爲厲定爲社稷憂騎龍
謁天帝

世界隨轉輪成壞各有刼適値傾覆時萬法不必說以
君循吏才三年官於越無端桴鼓鳴伏莽寇竊發山縣
斗大城城頭黑雲壓紛紛彼狼心躍躍欲豬突君昔理
常平手曾治大猾鴞音不能革生性成檮杌到此播流
言官實通賊牒作賊兼作官滿城耳喧聒城中西敎徒
積惡鬼羅刹閃閃蒼鷹眼磨刀咸欲殺公知事不可大

聲作瞋喝反激蚩蚩怒一霎盡滅裂非無防禦使蠢蠢
怯如鼈噤不發一言坐視民刼奪此客甫斷頭彼奴復
流血亂及白雨點混殺到手滑猘犬狂號跳奔馬肆蹄
謟但是縣衙人一見輒摧捽郎當子若孫衣破腳不襪
同寮不肯留望門走托缽指名偏搜牢牽髮互辮結驅
羊入屠肆執箠倘鞭撻天堂變地獄肉花碎片割同時
遭荼毒彼此造何業（君一家遇難後並尸於天主堂堂中教士被害者共六人少婦幼兒皆以刀臠割其肉肉既盡乃斃之）君當就縛時自知當永訣上念我佛恩如何得
解脫下傷我母慈如何保生活可憐八十母蕭條幾黃
髮追憶六年前春酒壽筵設君披宮錦袍手執先朝笏

公瑾與伯符同年小一月我歌壽人曲登堂來拜謁孫
曾六七枝一一芝蘭茁最小耳銀璫頳面白勝雪誰料
綵衣舞囘旋僅一瞥覆巢無完卵雛鳥鳴亦絕聞今既
半年未悉子存歿家人畏驚倒相戒咸結舌入則圍紅
裙出乃易墨經母尙倚閭望朝夕拜菩薩念子歸何遲
此別太契濶（家人詭以太府調往勦賊告其母）豈知望子臺早既堆白骨
以君精佛理夙通一切法明知入世事如露如泡沫佛
力猶有盡何況身生滅將頭臨及時定知不驚怛獨怪
耶蘇教瓣香未曾爇如何偕教徒一例受磨折觀君遭
萬變已足空一切只有黃鳥歌哀吟代嗚咽

嗚呼漢家厄十世到我皇上承六七聖德澤徧八荒龐

裘三月政謳歌不能忘忽傳有疾詔徧求千金方千人

萬人和重鼓女媧簧珠襦坐武帳奔走何蹌蹌神鵲銜

果來天女實發祥今當堯舜朝益宜簡元良恩賜太子

衣有心見厖涼惻惻君紘聲晨寒哀履霜瀛臺百尺高

遠隔海中央齊東野人語傳說多荒唐賊相與瞽師髮

短心甚長亟欲奉前星高置中宮旁豬王一無知好勇

徒強粱羣小爭擁戴妄誇國富強待封狼居胥同進萬

年觴天適降神人人人空拳張張我虎神威何難驅群

羊家家白蓮花滿城吹迷香直挑強鄰怒橫縱國人狂

各國會師來長驅莫敢當遂令春秋筆天王狩河陽嗚
呼當此時國勢如蜩螗東南外諸侯亟亟宜勤王上以
肅宮禁下以靖欃槍外以杜鄰責免索歲幣償奈何裘
棠戎失路迷倀倀轉令一匹夫起爲董公倡遙聞誓群
師風雲奉龍驤多魚忽漏言一綱歸淪亡畫虎竟不成
刲羊亦無衁成敗非所論此志良可傷人言秘篋中別
藏法三章意實主民權假託尊王綱又言三日榖縱兵
肆跳踉擄掠得幾何概許歸橐囊是皆莫須有秘獄誰
能詳江南群盜藪紛紛說連衡倘若出此策自毁周身
防鑄銕成大錯引刀還自戕明明勤王師轉以賊名揚

君魂果銜寃被髮訴帝鄉援枹卒犀甲號召諸國殤請

帝乘白龍還我蒼天蒼茫茫此禹域滔滔彼漢江君聽

人間謠處處歌堂堂

和平里行和邱仲閼

潮陽縣有碑曰和平里碑九尺許每字高二尺許小字九曰

宋廬陵文山文天祥題和平里不見於宋史惟鄧光薦丞相

傳云公駐和平市攻陳懿黨意後隔海港步騎未能遽前而

陳懿乃迎導北師張弘正潛具舟濟輕騎直造督帳劉岳中

傳云公方飯五坡嶺步騎奄至公不得脫服腦子不死衆擁

之上馬見張弘正於和平大罵求死和平盖即此地初潮之

士民請公移行府於潮公進潮陽誅懿黨劉興適鄒瀛劉子
俊等亦以民兵數千自江西至指南錄所謂稍平群盜人心
翕然即此時事鄧中甫云因潮之民阻山海之險使假以歲
月增兵峙糧以立中興之本亦吾國之莒即墨也乃逆懿懼
誅濳師夜襲卒陷絕地謂非天乎公於祥興元年十一月屯
潮陽即住和平市十二月十五日趨海豐入南嶺二十日被
執越七日入虜營討逆冦於此見虜帥亦於此先後凡一月
有奇里人獲公書珍襲而摹刻之以公忠義之氣感人之深
也百世下猶興起況親見公書者耶固其宜也仲闕歸自臺
灣客於潮作詩寄余歲暮感事因追和之距文山住此時六

百二十四年矣庚子歲除前三日

豐碑巍巍土花碧大書和平字深刻此鄉曾駐勤王師

下馬來拜文信國澄潭小渚風不波奇卉美箭枝交柯

手攜酒壺背釣蓑彼是文山安樂窩日氣火氣蒸溼暑

人聲鬼聲雜風雨身倚窮牆立圜土此乃南冠囚縶處

少日里居殊安康中年國難多搶攘最公一生所踐履

大都皇恐灘與零丁洋紅塵蔽天走胡騎海水群飛無

立地飄流絕島君若臣行在朝衣頻拭淚自從辛苦賊

中來萬死一生艱險備今夕何夕夢稍安此身卻在和

平里想見淋漓落筆時滿腔攬轡澄清志八千子弟方

募兵欲倚卽墨復齊城有田有成衆一旅天若祚宋期
中興摩崖上刻浯溪頌安知不署臣結名崖山一哭舟
盡覆公竟囚車隨北征吁嗟乎從古未聞純是夷虜世
德祐即位大后詔中語翦分鶉首天何醉撥亂無聞平賊
功刼盟莫講和戎利邱生邱生吾與汝坐視金甌缺復
碎想公馳檄召勤王對我父老愧欲死公魂歸天在柴
市今日鄰軍猶設祭刱公畫日親筆書字字風霜留正
氣孤城隱隱烟霧遮大江濺沫飛春沙指南錄集杜駐潮
陽云寒城朝烟淡江沫擁春沙寒山片石月來照中有光
芒非公耶

人境廬詩草卷十終

弟遵庚初校

梁啓超覆校

人境廬詩草卷十一

嘉應黃遵憲公度

聶將軍歌

聶將軍名高天下聞虯髯虎眉面色赭河朔將帥無人
不愛君燕南忽報妖民起白晝横刀走都市欲殺一龍
二虎三百羊是何鼠子乃敢爾將軍令解大小團公然
張拳出相抵空拳冒及口喃喃礟聲一到骿頭死忽來
總督文戒汝貪功勳復傳親王令責汝何暴横明晨太
后詔不許無理鬧夕得相公書問訊事何如皆言此團
忠義民志滅番鬼扶清人復言神拳斫不死自天下降

天之神國人爭道天魔舞將軍壘壘淚如雨呼天欲訴
天不聞此身未知死誰手又復死何所大沽昨報礮臺
失詔令前軍作前敵不聞他軍來但見聶字軍旗入復
出雷聲耾耾起起處無處覓一礮空中來敵人對案不
能食一礮足底轟敵人繞牀不得息朝飛彈雨紅暮捲
槍雲黑百馬橫衝刀雪色周旋進退來夾擊黃龍旗下
有此軍西人東人驚動色敵軍方詫督戰誰中旨翻疑
戰不力此時衆團民方與將軍讎阿師黃馬絓車前鳴
八騶大兄翠雀翎衣冠如沐猴亦有紅燈照巾幗贏兜
鍪昨日拜賜金滿車高颭褰京中大官來神前同叩頭

懿旨五六行許我爲同仇獎我與甲兵勉我修戈矛將
軍顧輕我將軍知此不軍中流言各譁譟作官不如作
賊好諸將竊語心膽寒從賊容易從軍難人人趨叩將
軍轅不願操兵願打拳將軍氣湧徧傳檄從此殺敵先
殺賊將軍日午罷戰歸紅塵一騎乘風馳跪稱將軍出
戰時闔門衆多僂羅兒排牆擊案拖旌旗嘈嘈雜雜紛
指揮將軍之母將軍妻芒籠繩縛兼鞭笞驅迫泥行如
犬雞此時生死未可知恐遭毒手不可遲將軍將軍宜
急追將軍追賊正馳電道旁一軍路橫貫齊聲大呼聶
軍反火光已射將軍面將軍左足方中箭將軍右臂幾

化彈是兵是賊紛莫辨黃塵滾滾酣野戰將軍麾軍方
寸亂將軍部曲已雲散將軍仰天泣數行衆狂仇我謂
我狂十年訓練求自強連珠之礮後門鎗禿襟小袖氄
氄裝蕃身漢心庸何傷執此誣我讒口張通天之罪死
難償我何面目對我皇外有虎豹內豺狼鬐鬐犬吠牙
強梁一身衆敵何可當今日除死無可望非戰之罪乃
天亡天蒼蒼野茫茫八里台作戰場赤日行空飛沙黃
今日被髮歸太荒左右攙扶出裹瘡一彈掠肩血滂滂
一彈洞胸胸流腸將軍危坐死不僵白衣素冠黑襦襠
幾人泣送將軍喪從此津城無人防將軍母年八十白

髮蕭騷何處泣將軍妻是封君其存其歿家莫聞麻衣
草履色憔悴路人道是將軍子欲將馬革裹父屍萬骨
如山堆戰壘

夜起

千聲鶬鈇百淋鈴雨橫風狂暫一停正望雞鳴天下白
又驚鶻擊海東青元楊允孚灤京雜詠新腔翻得涼州曲彈出天鵝避海青自註曰海青擊天鵝新聲也海東青者出於女眞遼極重之沈陰噎噎何多日殘月暉暉尙幾星斗室蒼
茫吾獨立萬家酣夢幾人醒

群公

群公袞袞各名聲一死鴻毛等重輕事事太阿權倒授

人人六等罪分明兵威肯薄牽牛罰黨論猶嗟走狗烹

聞道諫臣歸骨日柳車迎拜極哀榮

遁逃無地呼無天到此惟餘冒及拳啓秀徐承煜爲聯軍所拘卒見殺廷雍亦被殺

甲仗空迎徊紇馬聯軍入保定廷雍出迎之血衣竟染漢臣鞭操戈逼

父心先死聯軍入城後承旭託名保家全宗逼乃父徐桐自經死按劍呵人目尚懸殺許侍郎

袁大常之詔實出啓秀手監視行刑者即徐承煜驚立鷹瞵旗夾道看君忍辱赴重

泉啓秀伏法時八國各以兵押送均閉目不視云

各戴頭顱萬里行九州無處可偷生上尊猶拜養牛賜

五鼎先看福鹿烹莊王在蒲州趙舒翹及英年在西安皆賜死斷獄總應名國賊

犯顏猶記與天爭有論硃首禍諸臣叫囂隳突患在肘腋云云傷心禍首兼戎首

萬骨雖枯恨未平（毓賢戍新疆行至蘭州伏誅）

途窮日暮更何求白首同拚一死休銜及尙希忠烈傳

蓋棺免索太師頭（剛毅徐桐李秉衡皆自盡）彗星埽地應除舊禍水滔

天幸絕流九廟有靈先詔在朝衣趨謁定增羞（嘉慶癸酉八月上以過變下罪己詔中有數匪變生肘腋實由諸臣釀成漢唐宋明未有之變云）

奉 諭改於八月廿四日回鑾感賦

翹首齊瞻輦路塵又遲鑾駕阻時巡翠華望徧今天下

玉璽猶持一婦人萬里河難塞瓠子（諭稱雨潦難行且河決沖毀行宮今方改造云）

九霄星未轉鈎陳三公一國狐裘賦誰是安危社稷臣

和議成誌感

天乎叔帶召戎來舉國傾危　九廟哀拳勇竟遭王室

亂首謀尙縱賊人魁（謂革王載淪末死）失民更爲叢敺爵畢世難

償債築臺坐視陸沈誰任責事平敢望救時才

啓鑾喜賦

千官萬騎奉龍驤蹕路爻閭扈從忙罪首既誅昏壘賊

民心猶戴往黃皇神靈擁護華輿穩父老歡迎麥飯香

回首南山宮闕峻定知在莒永無忘

車駕駐開封府

竿摩轍亂逼西遷瑣尾離流倏一年奉母蒙塵猶在鄭

迎王望雨待歸燕諸侯香草方氈幕西母蟠桃又綺筵

舉首長安知日近肯留河上再遷延

李肅毅侯挽詩四首

駱胡曾左凋零盡大政多公獨主持萬里封侯由骨相

中書不死到期頤緊弧卒挽周衰德華衰優增漢舊儀

（賜方龍補服歷來漢官所未有他如賞紫繮賜三眼花翎於京師建專祠均異數也）官牒牙牌書不盡蓋

棺更拜帝王師

連珠巨礮後門鎗天假勳臣事業昌南國旌旗三捷報

北門管鑰九邊防平生自詡楊無敵諸將猶誇石敢當

何意馬關盟會日眼頭鉛水淚千行

畢相伊侯久比肩外交內政各操權撫心國有興亡感

量力天能左右旋赤縣神州紛割地黑風羅刹任飄船
老來失計親豺虎卻道支持二十年（公之使俄羅斯也遵憲謁於滬上公見語曰連絡西洋牽制東洋是此行要策及膠州密約成歸又語遵憲曰二十年無事總可得也）
九州人士走求官婢膝奴顏眼慣看滿篋謗書疑帝制
一床踞坐罵儒冠總無死士能酬報每駁言官更耐彈
人哭感恩我知己廿年已慨霸才難（光緒丙子余初謁公公語鄭玉軒星使許以霸才）

寄題陳氏晴廬

前者主人翁我曾侍杖履後者繼主人雁行我兄弟滔
滔大江流前水復後水一息不停留百川互輸委翁昔

笑倚欄早識生滅理蓬蓬馬鬣高萬古藏于是一官甫
歸來乃無託足地生當大亂時忠賢或祈死人至以死
祈世事可知矣嗟嗟我華種受生即患始盡是無父人
呼天失怙恃弱肉供强食誰能保沒齒翁今順化去萬
事責可已呼龍下大荒倘作神遊戲屋後瘞鶴銘是翁
記默示階前紅杜鵑是子所染淚鶴塚鵑巢間乃我寄

題字揣翁垂愛心萬一肯留視

負墻一病叟吞聲幾欲哭居此三四世手執茅衣屋作
犬不守門作猱不升木坐令田荒蕪萬事付手束自官
教我耕暫學種蔬藪横縱濟盡通方整帛有幅門前桑

竹茶坐我樹陰綠攜兒甫鷄鷄反盎有餘粥倘官遂設
施庶幾一年蓄何期麥嘗新不及今兹孰炭船泝湘來
篙工偶託足稱官老陳米意比凶年穀長沙露行客肩
桃笑歌逐城中諸妻羅莫敢侵半菽沈沈石壘緣窮搜
到地軸家家易金歸樂禍天雨粟人人他不知只知小
人腹帝清愛下民賴官錫民福官胡棄民歸世亦嫌薄
祿江神夾海若蹴我國日蹙無人救飢溺聽我飽茶毒

社時操豚蹄待向墓前祝

病中紀夢述寄梁任父

陰風颯然來君提君頭顱自言逆旅中倏遇狙擊狙閃

電及一揮忽如絳市蘇道逢兩神人桃雲上天衢此挹

蹇民袖彼褰烈士襦邂逅哭復歌互託今何如君言今

少年大罵余非夫當服九世讎折箠笞東胡逐逐揮日

戈彎彎射天弧孰能張網羅盡殺革命徒汝輩主立憲

宰非愚欲迂我方欹枕聽鳴雞亂驚呼殘日挂危簷猶

照君肩須遙知白日光明明耀子軀子魂渡海來道有

風波無蛟螭日攫人子行猶坦途懸金購君頭彼又安

蔽辜在在神護持天固弗忍誅君頭倚我壁滿壁紅糢

糊起起拭眼看噫吁瓜分圖

我生託此國學國重科第記昔持墨卷出應群兒試夢

謁文宣王旁立朱衣吏手指平頭憲云是汝名字爾時
意氣盛年少矜爪嘴謂彼牛醫兒徒一唐名士不如黨
錮傳人人主清議汪汪千頃波陋比涔蹄水捧龜訴天
呼區區竟余畀烏知當是時東海波騰沸攘夷復尊王
僉議以法治立憲定公名君民同一體果遵此道行日
幾大平世我隨使槎來見此發深喟嗚呼專制國今既
四千歲豈謂及余身竟能見國會以此名我名蒼蒼果
何意人言廿世紀無復容帝制舉世趨大同度勢有必
至懷刺久磨滅惜哉吾老矣日去不可追河清究難俟
倘見德化成願緩須臾死

子今歸自美云夢俄羅斯憤作顛倒想故非痴人痴中原今逐鹿此角復彼犄此鹿竟誰得夢境猶迷離遼東百萬家戰黃血淋漓不特薄福龍重重圍銕圍哀彼金翅鳥毛羽咸離披方圖食以龍展翼漫天地鼓衰氣三竭徧體成瘡痍吁嗟自專主（中俄條約中之稱）天鑒明在茲人人自爲戰人人公忘私人人心頭血濡染紅日旗我今託中立竟忘當局危散作鎗礮聲能無驚睡獅睡獅果驚起牙爪將何爲將下布憲詔大阿知在誰我慚嘉富洱子慕瑪志尼與子平生願終難償所期何時睡君榻同話夢境迷即今不識路夢亦徒相思

人境廬詩草卷十一終

弟遵庚初校
梁啓超覆校

跋

右詩十一卷　先兄手自裒集而未付梓自　先兄下
世海內文人學士折柬相追欲讀其詩而知其人者迄
無虛歲雖然　先兄著述初行於世者曰日本雜事詩
所以覘國情紀風俗譯署之官版也曰本國志所以述
職知所駐國之形勢變遷由於世界各國之形勢變遷
相逼而成則本國之從違當求合於世界各國之形勢
以爲斷故其分門別類勒成全書亟自刊行者意在於
借觀隣國作匡時之策也　先兄之書至今談時局者
未嘗不推崇之而　先兄之遇每奪於將行其志卒至

放棄且以憂死終其身皆仰成於長吏未嘗有獨當方面以行其所懷抱者其於詩也雖以餘事及之然亦欲求於古人之外自樹一幟嘗曰各人有面目正不必與古人相同吾欲以古文家抑揚變化之法作古詩取騷選樂府歌行之神理入近體詩其取材以羣經三史諸子百家及許鄭諸註爲詞賦家不常用者其述事以官書會典方言俗諺及古人未有之物未闢之境舉吾耳目所親歷者皆筆而書之要不失爲以我之手寫我之口云故其詩散見於宇內者輒爲世人所稱頌以非詩人之先生而使天下後世僅稱其詩界革命之一人是

豈獨　先兄之大戚而已哉遵楷不肖不能繼承兄志有所建樹讀　先兄病篤之書謂平生懷抱一事無成惟古近體詩能自立耳然亦無用之物到此已無可望矣嗚呼　先兄之不忍爲詩人而又不得不有求於自立之道其愴懷身世爲何如耶今海內鼎沸干戈雲擾距　先兄之下世者僅六歲耳　先兄之不見容於當時終自立於無用之地位　先兄之不幸抑後於　先兄者之不幸耶然則　先兄之裒集已竟所不欲以付梓者吾亦從而校讐以刊行之而已夫復何言辛亥九月五弟遵楷牖達謹跋